從內心滿溢出來的哭聲，
或許只是白忙一場呢。
儘管如此……
傳達給某個人吧——
心的主張
原案／HoneyWorks
作者／香坂茉里　插畫／ヤマコ

升上國中沒多久，
唔……！
為了迎合大家，我和她們一起說加戀的壞話。
因為害怕自己變成下個霸凌對象，我佯裝成不知情。

因為太懦弱、太害怕……所以逃走。

明明傷害了加戀，卻還想要保護自己。
我討厭這樣的自己。
討厭。
全都好討厭。
最討厭了。

崩壞的溫柔化成淚水溢出，
為什麼無法說出口呢？
差勁…我有夠差勁!!

可是，
「一味討厭的人生
是很無趣的。」
聖奈在電視上
說的這句話，
彷彿從背後
推了我一把──
我打開教室大門，大聲地──
再這樣下去
不行啦!!!

以微笑面對崩壞的溫柔，
對它說聲「歡迎回來」。
榎本虎太朗
亞里紗的同班同學。
有個國三的姊姊。
山本幸大
虎太朗和健的朋友。
沉默寡言，喜歡看書。
柴崎健
暱稱是柴健。
跟幸大同班。

傳達過來了。
因為想要改變，我並不後悔自己出聲吶喊……可是……
嗯……
事情果然跟我想的一樣。大家的目標轉變，這次換我孤單一人……
加戀加入「那邊」了嗎……

不過，不可思議的是
我不覺得害怕。
也不討厭現在的自己。
唉唉～……
低垂著頭的我
就到今天
為止吧——
五月的尾聲，
在我結束
學生委員會的工作
回到教室時——
抱歉喔，
榎本……
沒啦……
是柴健
要我多
關照妳的。

如果你遇到困難，
我也一定
會幫助你。
妳在說
什麼啊……
友情的證明。
真搞不懂妳耶，
不過……
←亞里紗會以何種方式，
來表達對虎太朗的感謝…!?

Kadokawa Fantastic Novel
告白預演系列 7
心的主張
原案／HoneyWorks
作者／香坂茉里　插畫／ヤマコ

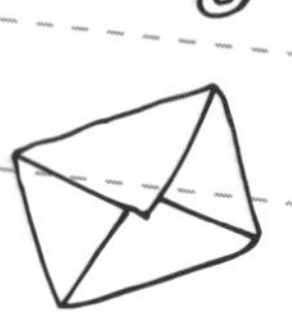

內頁插圖／ヤマコ

CONTENTS
目錄

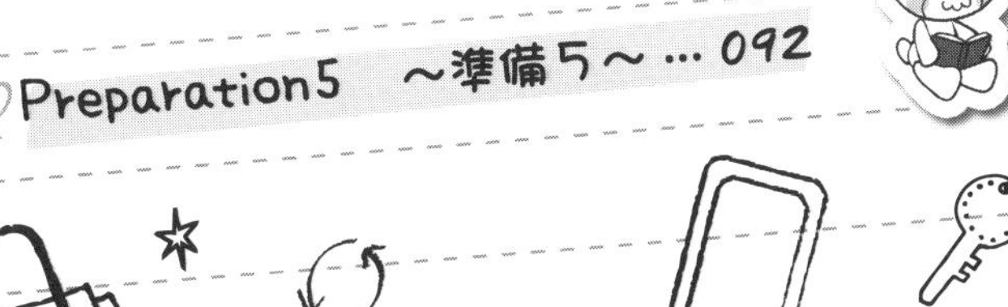

◇◆ introduction♡ ～前奏曲～ ◆◇

從電視上聽到的某個人說的話，從背後推我了一把，讓自己踏出一步。
我打開教室大門，大聲地——

「再這樣下去不行啦！」

這麼吶喊。
從內心滿溢出來的哭聲，或許只是白忙一場呢。

儘管如此……傳達給某個人吧。

introduction
～前奏曲～

傳達出去吧——

喂～
妳怎麼…
榎本虎太朗
11月29日生　射手座、O型
隸屬於足球社的國一生。跟亞里紗同班。單戀著被分到不同班級的兒時玩伴瀨戶口雛。
姊姊夏樹是同一間國中的國三生。

Preparation 1
~準備1~

◇◆Preparation 1 ♡ ～準備1～ ◆◇

今天，是升上國中之後的第三天。

因為一切都跟小學時截然不同，高見澤亞里紗完全無法融入學校。

順帶一提，她也沒能及時加入女同學們組成的小圈圈，至今在班上仍是孤伶伶一人。

（這次我不會再失敗了！）

亞里紗試著這麼說服自己，然後步入教室。

走廊上有幾名興奮嬉鬧的學生奔跑著。

眼見就要撞上其中一人，亞里紗連忙往一旁閃避。

「這樣很危……」

原本想高聲提醒的亞里紗，連忙對肚子使力，將話語吞了回去。

不久之前，她才決定在升上國中之後，要安分守己地過日子，避免太過引人注目。要是把內心的想法全都說出來，就會重蹈小學那時的覆轍。

在一個呼吸後，她盡量沿著走廊的邊邊前進。

其實，亞里紗並非是怕生被動的性格。

不如說，她很喜歡跟人聊天。看到一群女孩子聚在一起和樂融融地談天說笑，有時會讓她心羨不已。

然而，念小學的時候，亞里紗經常過度介入他人的事情，或是忍不住說出尖銳的發言，讓她在群體中顯得格格不入。

為此，她也經常和班上的同學發生爭執。

成為國中生之後，自己應該有從過去的失敗中成長了一些才是。

可不能再像以前那樣了。

亞里紗停下腳步，對握著書包提把的掌心使力。

（我絕對要交到朋友！）

開學典禮當天，看到母親目泛淚光地對自己說「希望妳能交到朋友喔」，亞里紗總不能用「我做不到」來回應她。

在神社裡擔任神主的祖父，甚至還為她執行了正式的祈禱儀式。

「懇請～懇請保佑高見澤亞里紗～～結交百位友人～～」

聽到祖父這麼高聲祈禱時，她覺得難為情到極點。不過，這也代表祖父相當擔心自己吧。

亞里紗深呼吸，在內心警告自己「不要做無謂的發言」。

還有「不要過度介入他人的事情」。

得盡可能避免別人對自己反感才行。

亞里紗試著在教室外頭悄悄練習微笑。但因為不習慣這麼做，她的臉頰僵硬無比，而且只有單側的嘴角上揚。

（不對不對，這種表情也太可怕了吧……）

得笑得更自然、更爽朗、感覺更好一點才行。不然可能會反過來讓人敬而遠之。

就像某天在電視上看到的布丁廣告裡頭的女孩子那樣，盡量展現出爽朗燦爛的笑容！

（呃，我根本沒辦法做出那種笑容好嗎！）

亞里紗在內心這麼吐嘈自己的時候——

「嗨～高見澤，妳在幹嘛啊？」

突然從身後傳來的呼喚，讓亞里紗吃驚得雙肩一震。

出現在後方的，是她的同班男同學榎本虎太朗。

「我……我沒有在幹嘛啊……？」

這麼裝傻回應後，虎太朗「哦～」了一聲，然後望向教室裡頭。

接著他將視線轉回亞里紗身上。

「妳不進去教室啊？」

「當然要進去啊！還用你說嗎……」

雖然嘴上這麼說，但無法下定決心的她，雙腳仍一動也不動地黏在教室門口。不過下一刻，她被虎太朗從背後輕推一把，以踉蹌的腳步踏進教室。

虎太朗淺淺一笑，也跟著走進教室。

「榎本～！」

聽到有人呼喚自己，虎太朗停下腳步，隨即加入一群同學的對話之中。

亞里紗一邊走向自己的座位，一邊看著這樣的他。

「我是榎本虎太朗。我很擅長踢足球，也打算進入足球社。將來的目標是成為職業選手，參加全日本足球大賽！」

入學典禮那天，虎太朗在班會時間做了這樣的自我介紹。

自信滿滿地這麼宣言後，他帶著燦笑比出V字手勢。

（……他竟然記得我的名字呀。）

虎太朗就坐在亞里紗後方，但兩人沒說過幾句話。

所以，虎太朗自然而然地過來搭話，讓她有些驚訝。

不知不覺中，愈來愈多男同學聚集在虎太朗周遭，形成一片熱鬧到有些嘈雜的光景。

在這個班上，跟虎太朗念同一間小學、原本就彼此認識的同學，應該沒幾個才對。

然而，在開學後的第三天，他就穩穩地成為班上的人氣男生。

明明是從同一個起跑點出發，但還跑不到半圈操場，感覺彼此就已經拉開了好一段差距。

（你挺厲害的嘛……榎本。）

默默被挑起競爭意識，亞里紗以犀利的眼神望向虎太朗。

（結交一百個朋友……或許有點勉強，但至少先從第一個開始！）

◆◇♡◇◆

跟男同學們笑鬧到一半，感受到視線的虎太朗「嗯？」地轉頭望。

兩人視線對上的瞬間，亞里紗不悅地撇過頭。

（咦！我為什麼被她瞪了啊？）

是自己剛才主動搭話的行為惹到她了嗎？

不過，女孩子本來就常常心情不好，就算在意這種事也沒用吧……

虎太朗回想起身邊的女性陣營，搔了搔頭。

（是說，高見澤真的很難捉摸耶～）

虎太朗從未看過她跟其他女孩子說話。

漫不經心地聽著周遭男同學的對話時，因為很在意，他又朝亞里紗望了一眼。

她果然還瞪著自己，虎太朗若無其事地移開視線。

（總之，不要跟她對上眼會比較好吧……）

雖然搞不清楚狀況，不過，有句俗話是明哲保身啊。

Preparation1
～準備1～

Preparation 2
~準備2~

◇◆Preparation 2 ♡ ～準備2～◆◇

「噯～幸大。」

午休時間，柴崎健蹺起椅子，開口呼喚坐在後方的山本幸大。

幸大一如往常，只是面無表情地繼續看書，完全沒打算看過來。

他想必是已經看透，健想講的事八成不太重要吧。

「我現在覺得超～級無聊呢。噯，有沒有什麼有趣的事能說來聽聽？」

健以交握的雙手扶著後腦杓這麼問。幸大沒有因此將視線從書頁上移開，只是嘆了一口氣。

「沒有。是說，你為什麼直接叫我的名字？」

「有什麼關係～我們是同班同學嘛。你也可以直接叫我的名字啊。」

看到滿面笑容的健以輕佻的語氣這麼回應，幸大推了推臉上的眼鏡，繼續閱讀手上的

書籍。

看樣子，他似乎不打算和健對話下去。

於是，健轉過身子，「噯～噯～」地繼續死纏爛打。

「你在看什麼書啊？有趣嗎？」

「要論有趣與否的話，我想大概因人而異吧。」

以手托腮的幸大淡淡回答。

「哦～那麼，這本書色嗎？」

健探頭窺探幸大正在閱讀的厚重書本，這麼問道。

「這是杜斯妥也夫斯基的《卡拉馬助夫兄弟》。想看的話，我可以借你。」

「啊～抱歉，我完全沒興趣。那麼，這本什麼兄弟的故事，是在講什麼？」

「既然沒有興趣，告訴你也沒有意義吧。是說，你為什麼要一直找我講話？」

或許是因為無法專注在書本上了吧，幸大終於闔起手中的書，然後抬起頭來。

「有什麼關係，陪我打發一下時間嘛。」

看到健嘻皮笑臉地這麼說，幸大一臉沒好氣地以「真受不了你」回應。

健在升上國中後認識了幸大。

至今仍未發現兩人之間的共通點，個性和嗜好也完全合不來。

沉默寡言、喜歡閱讀的幸大，以及外貌打扮都很高調的健，可說是裡裡外外都完全相反的兩個人。

若不是被分到相同班級、座位又剛好是一前一後，這兩人恐怕不會有交談的機會吧。

在這個班上，跟自己合得來的同學多得是。很幸運的，健非常擅長融入群體之中。

儘管如此，仍堅持和幸大持續這種沒什麼意義的對話，其實純粹是因為他懶得從座位上移動而已。

只是想打發時間的話，那麼無論對象是誰都可以。

既然這樣，找坐在自己後方的幸大最省事。

基於這番理由，不知不覺中，自開學以來，幸大成了健最常聊天的對象。

Preparation2

～準備2～

「這樣有點造成我的困擾了。」

「你別在意嘛。是說，學校禁止我們在教室裡使用手機，也太過分了吧～嗳～幸大，關於學生會長的候補人選，你要不要毛遂自薦？」

「我完全搞不懂你在說什麼耶。」

「等你當上學生會長，就廢除禁止使用手機的校規吧。全校的學生一定都會很開心喔～我也會把神聖的一票投給你的。」

「這一票哪裡神聖了啊。你推薦自己就好啦，別把責任推給別人。」

「這種事我做不來啦。而且我也沒戴眼鏡。」

「學生會長的候選人條件裡頭，不包含『必須戴眼鏡』這一項喔。」

「說到學生會長，一定都會先聯想到眼鏡啊。感覺像是值得信賴的證據那樣？」

健笑著這麼說之後，幸大露出一臉「啥？」的表情。

聽起來像是雞同鴨講，卻又接得下去的這種對話，健並不討厭。

儘管幸大會表現出厭煩的態度，但只要主動攀談，他幾乎都會很規矩地回應健。這讓

健不禁更想找他閒聊。

「啊～……閒得發慌呢。嗳，幸大，有沒有什麼有趣的……」
「所以說，你就看書如何？這段對話剛剛已經講過了。」
健漫不經心地聽著幸大帶點厭煩的嗓音，然後望向教室門口。

「真是的～你不要跟過來啦！」
「我也要回自己的教室好嗎！」
他的視線不經意移向一邊拌嘴，一邊走出教室的兩個人身上。
（那是我們班的女生吧？）
跟她在一起的，應該是其他班級的男生。感覺很常看到這對雙人組。

「嗳，幸大。剛才那個胸部很大的女生……」
「她是瀨戶口同學。」
幸大推了推眼鏡，皺起眉頭這麼糾正健。

Preparation2
～準備２～

在女孩子之中，瀨戶口雛算是格外可愛，所以經常能在男生的閒聊中聽到她的名字。但另一個男生健就不認識了。

「跟那個胸部很大的瀨戶口同學一起走出去的人是誰啊？」

「喔，是榎本……」

「你認識他？」

「開學生委員會時，他坐在我旁邊的位子。」

幸大望向那兩人離開後的教室大門，歪著頭喃喃表示「我記得他好像叫做虎太朗」。

健將雙手的手肘撐在幸大的桌面上，微微探出身子。

「那個叫榎本的是什麼人？瀨戶口同學的男朋友？那兩個人在交往啊？」

「這我就不知道了，不過……他們很常在一起呢。」

「那傢伙每天都會到我們班來吧。是為了見瀨戶口同學？」

「這也沒什麼關係啊。」

說著，幸大隨即準備將視線移回書本上。

（榎本……是嗎？）

瀨戶口雖似乎完全沒將榎本當一回事，總是以冷淡的態度對待他，看在旁人眼中，幾乎都想為榎本掬一把同情淚了。然而，他卻還是不氣餒地繼續出現。

（不知道他們倆是什麼關係？）

健嘴角微微上揚，拉了拉幸大的衣袖。

「噯～那兩個人感覺挺有趣的耶。」

「你在打什麼主意啊？快住手。」

儘管被幸大白了一眼，健仍笑著回以「沒關係啦」，然後從座位上起身。

「我們去鬧鬧他吧。」

「可以不要拖我下水嗎？」

「這絕對會比你那本什麼兄弟的書好玩啦！」

無視幸大一臉嫌棄的表情，健拉著他的手臂走向教室後方的大門。

Preparation2
～準備2～

健拉著幸大來到走廊上時，虎太朗正好要走進自己的教室裡。

「喂～榎本。」

健揪著幸大的手，笑瞇瞇地出聲喚道。

聽到呼喚聲，轉過身的虎太朗微微蹙眉詢問：「你是誰啊？」

接著，他將視線移往健身旁的幸大身上。

「山本，他是你認識的人？」

「……抱歉，榎本。我已經給他忠告，要他別這麼做了。」

幸大對虎太朗聳聳肩。

「你在說什麼啊？忠告是什麼意思？」

「噢，你別放在心上。這是我們兩個的問題。」

健向前踏出一步，伸出手朝一臉狐疑的虎太朗肩上拍了幾下。

「山本，這個輕浮的傢伙是你朋友？」

「不，完全不是。只是同班同學。」

「不要說得這麼冷淡嘛。我們不是朋友嗎？所以啦，趁著午休還有好一段時間，我們去頂樓聊聊天吧？」

看到健笑著這麼說，虎太朗看起來更困擾了。

「你不要擅自決定啦。我的數學作業還沒寫完咧。山本，這傢伙你想點辦法啦！」

「沒辦法。因為我也是被害人。」

「作業這種東西，之後讓幸大借你抄就好啦。我也打算這麼做呢。」

健笑著從後方伸手推兩人的背。

「我說啊……你就沒想過我也沒寫作業的可能性嗎？」

或許是一種習慣吧，幸大再次推了推眼鏡，露出一臉複雜的表情。

「培養友情也是很重要的事啊。難得我們都這樣認識彼此了！」

「我才不想認識你這種人啦。放開我～！」

Preparation2
～準備2～

聽到虎太朗這麼大聲嚷嚷，路過的幾個女孩子發出輕笑聲。

「男生感情都好好喔～」

「看起來很開心呢。」

聽到她們的感言，三人瞬間停下腳步。

等到女孩子們離開後，他們忍不住面面相覷。

「被人家誤以為我們感情很好了啦！」

虎太朗看似害臊地壓低音量抗議。

健露出壞心眼的笑容，摟著他的肩膀問道：

「榎本～那裡頭有你喜歡的類型嗎？我還滿喜歡長頭髮的女孩子喔。」

「啥？誰管你啊。」

「啊～話說回來，你已經有瀨戶口同學了對吧？」

「笨…………蛋！不要說出來啦！」

虎太朗以手臂遮掩自己漲得通紅的臉，搖搖晃晃地往後退了幾步。

（真好懂耶，不妙。超～級好玩的！）

健以手掩嘴，強忍著想笑出聲的衝動。

「我們果然還是交個朋友吧？」

「啥？為什麼啊。我才不要！」

「對你來說，多了一個來我們班的藉口也比較好吧？」

「……你有什麼企圖啊？」

「這個嘛，是什麼呢？」

（榎本虎太朗——這傢伙果然很有趣呢。）

健覺得自己或許意外能跟這兩個人好好相處。

他這麼想著，然後把幸大和虎太朗拖往頂樓。

Preparation2

～準備２～

Preparation 3
~準備3~
柴崎健
4月1日生　牡羊座、O型
國一。總是跟幸大和虎太朗混在一起。
很受女孩子歡迎，個性基本上很輕浮。
雙親感情不睦，有個小學的弟弟愛藏。
你要好好關照她喔。

◆Preparation 3 ♡ ～準備3～◆

雖然一開始遭到強烈反抗，不過，在那之後的一星期，健、虎太朗和幸大三人混在一起的時間變多了。

午休時間一到，虎太朗會造訪健的班級，跟兩人一起閒聊。

這天，三人也聚集在幸大的座位旁，玩撲克牌打發時間。

從一旁通過的雛瞬間停下腳步。

接著她望向認真盯著手牌的虎太朗，露出無法理解的眼神。

「等等，你為什麼會跟柴崎同學和山本同學在一起啊，虎太朗？」

「不行喔。」

這麼回答後，虎太朗從健手中抽了一張牌。

Preparation3
～準備3～

「因為我們變成朋友了對吧～虎太朗？」

健笑著拍了虎太朗的肩頭幾下，然後若無其事地爆料：「啊，順便說一聲，你抽走的那張是鬼牌喔。」

「咦！真的假的？」

確認過自己抽到的牌後，虎太朗沮喪地垂下頭。

「你不要講出來啦～柴健。」

不知不覺中，虎太朗和幸大開始以「柴健」來稱呼健。

原本是班上女孩子用來叫健的這個暱稱，也成了這兩人習慣的叫法。

「哦～原來鬼牌在虎太朗手上啊。那我要小心點了。」

說著，幸大從虎太朗手中抽走一張牌，再將成對的牌抽出來攤在桌上。

（鬼牌還在虎太朗手中嗎……他的想法都會馬上反應在臉上，真的很有趣耶～）

這不是三個人第一次一起打牌了，但虎太朗從來沒贏過。

儘管如此，他每次都還是會參加。或許是因為有著不服輸的個性吧。

「瀨戶口同學，妳要不要一起玩？」

健望向看似很在意三人的雛，搖晃著手中的撲克牌問道。

「咦！我……我嗎？」

「雛，我先走嘍～」

正當雛感到不知所措時，在教室門口等她的女同學這麼喚道。

「啊啊！等我一下～！」

慌慌張張出聲回應後，雛便轉身趕了過去。

虎太朗的視線一直追逐著她的背影。

他沒發現健已經抽走了幸大的手牌，所以接下來輪到他抽牌一事。

「虎太朗～你很明顯喔～」

聽到向自己遞出手牌的健這麼調侃，虎太朗露出不悅的表情。

「什麼東西明顯啊？」

「各方面都很明顯啊。啊，對了。之前啊～我們班的男生私下進行了女孩子的人氣投票喔。你知道瀨戶口同學是第幾名嗎？」

「我……我哪知道啊！你們班做過這種事喔？」

看著虎太朗明顯動搖的反應，健強忍著笑意回答：

「我有代替你投一票給瀨戶口同學喔。」

「我又沒拜託你這麼做！」

「放心啦，她是第一名。」

「這樣哪能讓人放心啊！」

在虎太朗忍不住提高音量的同時，幸大悶不吭聲地從他手中抽走一張牌。

「啊，我第一名。」

幸大拋出湊成一對的手牌。

「喔！運氣真好，我第二名呢！」

繼幸大之後，健也把最後一對手牌攤在桌上。

「咦！」

這時，虎太朗才終於發現自己手中只剩下一張鬼牌。

他雙手抱頭，將整顆頭靠在桌上。

「你們很詐耶……」

「是你太弱了，虎太朗。」

幸大一邊收拾桌上的撲克牌，一邊若無其事地給予致命一擊。

「我絕對不要再跟你們玩抽鬼牌了～！」

虎太朗起身，將雙手插在口袋裡走出教室。

健望向牆上的時鐘，再過五分鐘午休時間便結束了。

他以交握的雙手扶著後腦杓開口。

「虎太朗感覺是用很累人的方式在過日子呢。」

「是這樣嗎？」

眼中只有自己喜歡的女孩子，又全心全意投入自己喜歡的社團活動。感覺整個人簡直燦爛炫目到不行。

能夠像他那樣，竭盡全力去追逐自己喜歡的事物，或許是一件很痛快的事吧。

健覺得自己實在學不來。不過，他從一開始也沒打算要學就是了。

愈是極力追求，在沒能獲得自己渴望事物的那瞬間，空虛感和失落感也就愈強烈。

於是，他明白了——不用太認真、半敷衍地帶過一切，才是最明智、最輕鬆的做法。

「那傢伙讓人目不忍睹呢。」

聽到健語帶調侃的發言，幸大朝他看了一眼，將手中的撲克牌收拾整齊。

「虎太朗是個好人啊。」

「希望他趕快告白呢。要是被拒絕了，我們就卯起來笑他吧，幸大。」

「也不見得會被拒絕啊。」

「你覺得他們看起來像是兩情相悅嗎？」

「…………」

幸大以手推了推眼鏡，露出說不上來的表情。

「愈認真，愈白費力氣啦。」

健靠在椅背上，將視線移往窗外。

他的雙眼微微瞇起。

真正想要的東西，總是會從手中溜走。

這個世界，一定就是被打造成這個樣子吧。

最後剩下的，總是自己空空如也的掌心。

「……柴健，你其實很笨拙呢。」

聽到這句話，健轉過頭來以「啥？」反問，並不自覺地皺起眉頭。

「最不了解自己的人，有時意外就是自己喔。」

以無法解讀的表情這麼說之後，幸大便從座位上起身，離開了教室。

（吵死了。你懂什麼啊……）

健煩躁地嘆了一口氣，掀起蓋住額頭、令人不快的瀏海。

「無聊透頂～……」

◆◇♡◇◆

放學後，健來到虎太朗班上。這天，因為學生委員會還有事要處理，幸大似乎晚點才能離開。

「虎太朗，你今天不用參加社團活動對吧？」

在健這麼開口詢問後，虎太朗仍一臉呆滯地托腮靠在窗框上，沒有任何回應。

健走到他身旁望向窗戶外頭，那裡有著學生們陸陸續續步向學校大門的身影。而虎太朗視線所及之處，是和朋友有說有笑的瀨戶口雛。

（噢，他沒聽到啊……）

虎太朗眼中，就只有一個人。

Preparation3
～準備3～

現在，他想必滿腦子都是瀨戶口雛吧。

看著這樣的虎太朗，健有時會覺得，被埋葬在內心深處的某種情感，幾乎要激盪起來。

那明明是早已想遺忘的事物——

「你真的很喜歡她耶。」

原本只是打算自言自語的這句話，卻讓虎太朗轉過頭來問了一句：「你剛才說什麼？」

「沒啊～沒什麼。比起這個，我們繞去哪裡晃晃吧？反正你一定很閒嘛。」

在這樣的對話後，健便和虎太朗一起離開了教室。

隔天放學後，踏出校舍的健發現外頭下著雨。

他撐開塑膠傘，準備走向學校大門。

路上，聽到有人喚了一聲「柴崎」，健停下腳步。

呼喚他的是個撐著傘、面露微笑的女孩子。

她的書包看起來並非嶄新的狀態，所以應該是學姊。

「呃……？」

因為想不起對方的名字，健以手摸了摸後腦杓。

（應該說，我好像連看都沒看過這個人耶。）

「柴崎，你現在有交往的對象嗎？」

「咦？呃～……不，沒有啊。」

「那麼，要不要跟我交往？我從之前就覺得你很帥氣呢。啊，不對。還是說你已經有喜歡的人了？」

對方從雨傘底下探出頭來。

（又來了啊……）

升上國中後，開始有女孩子像這樣主動對健示好。

只是因為他個子高了一點、還算注重外表打扮，就變成這種情況了。

（未免也太方便了吧。）

健露出親切的笑容，以這樣的表情來隱藏內心浮現的嘲諷。

「但我對妳一無所知呢，學姊。」

「我比你高一個學年。」

她自我介紹的嗓音，被敲打傘面的雨聲掩蓋了過去。

（不過，也沒差啦……）

會這麼想，是因為這名學姊長得還算可愛，也蓄著一頭符合他喜好的長髮。

另外，也或許因為他覺得有點羨慕吧。

羨慕虎太朗靠在窗邊眺望雛的身影時，那雙真摯又專情的眸子。

儘管不是這塊料，但健仍湧現了「自己或許也能像他那樣徹底迷戀某個人」的想法。

Preparation3
～準備3～

◆
◇
♡
◇
◆

放學後，學生們陸陸續續從座位上起身離開教室。

做好回家準備的虎太朗和他們擦身而過，走進健等人的教室裡。

「柴健、幸大，我今天社團休息，我們一起回去吧。」

「我收到書店聯絡，說之前訂的書已經到貨了，所以我想繞去書店一趟喔。」

「這麼說來，我剛好也有想買的漫畫呢。」

健漫不經心地聽著虎太朗和幸大的對話，從書包裡掏出手機確認。

「柴健？」

被幸大這麼一喚，他才抬起頭來。

「抱歉，我今天有點事。」

傳完簡訊後，健將手機塞進褲子口袋裡。

一陣電子通知音響起，可以得知對方隨即回訊了。

「又有事啊。你是最近開始上補習班之類的嗎？」

「啊～嗯，差不多吧。那再見嘍，虎太朗、幸大。」

健笑著和兩人道別，揹起書包走出教室。

◆◇♡◇◆

回到家裡時，已是晚上九點過後。

健打開玄關大門，發現走廊上一片漆黑。

不用確認鞋子在不在，他就知道爸媽已經回到家了。

父親的咆哮，以及母親歇斯底里的叫喊，從二樓傳來。

他們倆的聲音，八成連隔壁鄰居都能聽得一清二楚吧。

這對父母難道不覺得這樣很丟臉嗎？

早知道就更晚一點回來了——健在心中懊惱地這麼想，然後將書包扔在樓梯上。

Preparation3

～準備3～

踏進客廳後，他看到弟弟愛藏正在廚房的櫃子裡東翻西找。

「至少開個燈吧。」

按下電燈開關後，橘色的光線照亮了原本灰暗的室內。

「歡迎回來。」

聽到弟弟這麼說，健以「嗯……」隨口回應。

他打開冰箱窺探。

（……什麼都沒有耶。）

健嘆了一口氣，將視線移向捧著泡麵的愛藏。

「那兩個人是從什麼時候開始吵的？」

「大概兩個鐘頭之前。」

這樣的話，晚飯八成也沒著落了。

健環顧廚房，看不到半點方才有人下廚過的痕跡。

那兩人腦中一定完全沒有「小孩得吃飯」這件事吧。

從剛才的狀況聽來，這場口角應該還會繼續下去。

「……我要煮義大利麵，你要吃嗎？」

「是奶油培根口味的話我就吃。」

健笑了笑，輕輕敲了弟弟的腦袋之後，從櫃子深處拿出義大利麵麵條。

他脫下制服外套，捲起襯衫衣袖站在廚房裡。

將兩人份的義大利麵放進鍋中煮熟，同時用平底鍋翻炒培根和洋蔥。

在餐桌前就座的愛藏以手托腮，呆滯地眺望著敲打窗戶的雨點。

「別再像這樣把錯全都推到我身上！我真的受不了了！」

「一看到我回家，就開口找碴的人是妳吧？給我差不多一點。我工作了一整天，回到家已經很累了！」

「不要說得好像只有你一個人在賺錢！我還不是……」

覺得受不了、希望你們差不多一點的，是我才對吧。

每天、每天，只要一見面，就是大吵大鬧個不停。

（你們是成年人了耶。怎麼會連自己的感情都無法掩飾啊？）

露出笑容，裝出深愛著彼此的態度，就算是演戲也無妨。

這麼做的話，無論是自己或是身旁的人，都可以不必受傷。

為什麼連這麼簡單的事都做不到呢？

（明明是因為相愛才結婚的……）

健聽著從樓上傳來的對罵聲、排風扇運轉聲，以及熱油噴濺的聲音，默默地繼續讓雙手動作。

他將煮好的奶油培根義大利麵裝盤，跟沖泡式的熱湯一起端上桌。

在弟弟對面的座位坐下後，健拿起叉子開動。

幾乎沒有和弟弟對話的他，只是一邊以叉子捲起麵條，一邊把玩著放在一旁的手機。

「……爸爸跟媽媽會離婚嗎？」

聽到弟弟的疑問，健的手停下動作。愛藏仍看著一片黑暗的窗外。

「這個嘛，我覺得應該會吧。」

這是好幾年前就提過的事情。事到如今，根本沒什麼好驚訝的。

「要是離婚了，那……」

「好啦，快點吃吧。因為晚餐是我煮的，洗衣服就交給你嘍。」

健打斷弟弟的發言，將纏繞在叉子上的麵條送進口中。

愛藏也沒再多說什麼。

Preparation3
～準備３～

嗳……

Preparation 4
~準備4~
只因為長得比較可愛，太得意忘形了吧。
對啊~
妳也這麼覺得吧？
就是啊~

Preparation4♡～準備4～

到了午休時間，班上的男生和女生各自聚在一起享用營養午餐。男生們都是隨意跟座位附近的同學一起吃，女生們則會併桌，形成一群一群的小圈圈。

無法融入任何一個群體的亞里紗，一個人孤伶伶地坐在座位上。

（……這樣感覺好像不太妙耶。）

其他女孩子都是怎麼加入小圈圈的？

亞里紗若無其事地望向在附近座位上開心交談的一群女同學。

（要拜託她們讓我加入嗎？）

詢問彼此喜歡的東西和嗜好，一起聊雜誌或電視節目。最近電視都在播什麼連續劇

呢？又有什麼流行歌？

要是完全跟不上話題，該怎麼辦才好？

（不行……我完蛋了。）

亞里紗緊緊捏住牛奶紙盒，將腦袋「咚」一聲靠在桌面上。

她完全沒有能加入班上同學對話的自信。

（早知道就多調查一下現在流行什麼了。）

確認最近的電視節目、在網路上搜尋最近熱門的話題，讓自己能夠跟得上聊天內容。大家都會做這樣的努力。

所以，才能順利融入小圈圈之中吧。

感到愈來愈沮喪的時候，亞里紗發現有個和自己同樣獨自吃著營養午餐的女孩子，於是抬起頭來。

（那個女生從入學典禮之後，一直是一個人……呃，我也一樣啦。）

她不禁在內心苦笑。

印象中，她是三浦同學。

她低垂著頭、縮起身子的模樣，看起來十分寂寞。

對了，在自我介紹的時候——

「我叫做三浦加戀。我喜歡的東西是……」

說到這裡，不知是誰開玩笑地以「是男孩子～」接話。

儘管遭到老師訓斥，但台下的女同學們仍輕聲竊笑著。覺得尷尬而不知所措的加戀，之後沉默地回到自己的座位上。

（要試著向她搭話嗎？）

對方也是孤單一人。比起打入其他小圈圈，跟她混熟應該簡單得多。

（不過，要是讓她覺得我只是想隨便找個伴，感覺……也很討厭呢。）

而且，這樣也會對她有點過意不去。

將視線往下時，亞里紗發現自己的牛奶灑到托盤上了。

「啊，哇！」

她焦急地站起來，身下的椅子也因此發出碰撞聲。

意外巨大的聲響迴盪在教室裡，周遭同學的視線全都集中在自己身上。

「唉唉，真是的……」

亞里紗打開書包翻找面紙，但在這樣的緊要關頭，偏偏就是遍尋不著。

女同學們笑著低聲討論「她在搞什麼啊？」的聲音傳入耳中。

糟糕透頂。

亞里紗抓著書包垂下頭。這時，有人說了一句「給妳」，遞給她一包面紙。

接著，虎太朗將手插進口袋裡，回到亞里紗後方的座位上。

（榎本……）

亞里紗望向掌心裡那包面紙。

大概是一直被塞在口袋或書包深處吧，整包面紙看起來皺巴巴的。

裡頭只剩下一張面紙這點，也很像虎太朗的作風。亞里紗不禁笑了出來。

不過——

謝謝你。

用面紙將灑出來的牛奶擦拭乾淨後，亞里紗重新在座位上坐好。

（沒錯。比起思考，先行動再說！）

這麼轉換心情後，她迅速解決了剩下的營養午餐。

◆ ◇ ♡ ◇ ◆

這天下午要進行體適能測驗。

擔任營養午餐值日生的亞里紗，在收拾完畢後踏入女生更衣室時，其他同學都已經換好衣服離開了。

Preparation4

～準備4～

她打開衣櫃，從書包裡取出運動服。

「咦？我的熊貓呢！」

原本綁在書包提把上的吊飾，不知何時消失了。

因為吊繩還在，所以大概是吊飾本體脫落了。

「不會吧，掉到哪裡去了？」

亞里紗嘗試翻找書包的口袋，但仍沒有找到。

她在原地蹲下來，然後朝四周張望。

「……妳在找這個嗎？」

聽到有人這麼詢問，亞里紗抬起頭，看到加戀走入更衣室。

她朝亞里紗遞出手中的熊貓吊飾。

「妳在哪裡找到這個的？」

「掉在更衣室外頭。」

接下加戀遞過來的吊飾後，亞里紗鬆了一口氣，將其緊緊握在手裡。

「太好了。我很喜歡這個吊飾呢。」

「高見澤同學，妳的名字叫亞里紗啊。」

加戀打開自己的衣櫃，將書包塞進去，開始換上運動服。

「啊……嗯。」

「真好呢。」

亞里紗一邊套上運動服，一邊看著加戀。加戀也脫下制服後，望向亞里紗。

「因為這個名字很可愛呀。而且是寫成片假名（註：亞里紗日文名字寫作アリサ），這樣就不會唸錯了。」

「三浦同學，妳的名字不是也寫成片假名嗎？」

亞里紗回想起加戀自我介紹的內容，於是這麼問道。

「是寫成漢字。加減的加、戀愛的戀，合起來就是加戀。」

「原來是這樣啊……抱歉，我都不知道。」

聽到她在自我介紹時道出的名字，亞里紗還以為是寫成片假名。

Preparation4

～準備4～

「這個名字，只是照著片假名的讀音，勉強配上漢字而已。很不好記對吧？」

「沒有這種事。」

（唉唉……這樣不行。）

只能以這種無趣發言回應的自己，讓亞里紗焦躁不已。

難得對方主動跟自己搭話。

應該有更多種回應方式才對。諸如「這個名字很可愛呢」或是「這個名字很有品味喔」之類的。

要不要約她下次一起吃午餐呢……

（啊啊，可是，在這樣的情況下，突然把話題帶到營養午餐上，應該很突兀吧！）

我到底為何這麼不擅長和他人對話呢？

儘管自己也為此焦急不已，卻又總是無法做好。

正當亞里紗覺得有點沮喪時，一陣「呵呵」的輕笑聲傳入耳中。

看到亞里紗和自己對上視線後，加戀的雙眸開心得閃閃發亮。

「高見澤同學，妳好有趣喔。我可以叫妳亞里紗嗎？如果妳也能直接叫我的名字，我會很開心。」

聽到這句話，亞里紗的表情豁然開朗起來。

「妳……妳直接叫我的名字的話，我也會很開心喔！」

她的語氣亢奮到連自己都有些難為情。

（什麼啊……原來我們想的事情都一樣呢。）

早知道不要顧慮那麼多，一開始鼓起勇氣主動朝她搭話就好了。

待視線再次對上，亞里紗和加戀不禁一起笑出聲來。

（根本不需要想得太困難啊……）

「啊！亞里紗，沒時間了，我們得快點才行！」

聽到鐘聲，加戀慌慌張張地從裙子下方套上運動褲。

在加戀先衝出更衣室後，速速換上運動服的亞里紗也跟上她的腳步。

◆ ◇ ♡ ◇ ◆

放學後，踏上歸途的亞里紗，在神社外頭的石子階梯前停下腳步。

從制服裙子的口袋中取出熊貓吊飾後，回想起今天在學校發生的事，她的嘴角不自覺地上揚。

踏著偏陡的石子階梯向上的步伐，感覺似乎也比平常輕快許多。

途中，她和某個穿著相同國中制服的男孩子擦身而過。

在一瞬間瞄到的側臉和耳環，讓亞里紗停下腳步。

她轉身，看著那個將雙手插在口袋裡的男孩子步下階梯。

很少看到和自己就讀同一所國中的學生來這裡參拜。

（是沒差啦……）

對方也不是她的同班同學。

Preparation4

～準備４～

亞里紗轉頭望向前方，繼續踏著石子階梯往上。

爬完樓梯、來到最上方後，她看到穿著日式褲裙的祖父正在以竹掃把清掃神社內部。

「歡迎回來，亞里紗……怎麼啦？發生什麼好事了嗎？」

「爺爺的祈福儀式很有效喔！」

看到吃驚地圓瞪雙眼的祖父，亞里紗向他展露一個開心的笑容，接著便前往主屋。

她打開玄關大門，以比平常更有精神的嗓音喊出「我回來了」。

◆◇♡◇◆

放學途中，走在被夕陽染紅的路上的健，不自覺地在神社外頭的石子階梯前駐足。

（對了，以前……好像有來過這裡喔。）

他想起夾在那本不會再打開的相簿裡的、某張已經褪色的照片。

身穿和服的母親、西裝打扮的父親，以及被他們抱在懷中的自己，還有小一歲的弟

弟。

應該是滿月參拜時拍的照片吧。

另外，還有繫上蝴蝶領結、穿著短褲，看起來活像個傻子的七五三的照片。

那兩張照片，都是在這座石子階梯上拍攝的。

是四個人還維持著「一家人」的狀態時的產物。

會踏入這裡，並不是因為感到懷念。

純粹是因為自己想不起來這座石階上頭的風景。健只是想把這件事弄明白罷了。

踩著石子階梯來到最上頭之後，他看到一名看似神社神主的年長者正在掃地。

在健開口打招呼之前，對方先向他低頭致意，以一句「歡迎來這裡參拜」問候。

（我其實不是來參拜的就是了……）

帶著有點尷尬的心情向神主點頭致意後，健抬頭環顧神社的內部。

這片腹地比他想得更寬敞。神社看起來十分宏偉壯觀，同時散發出歷史悠久的氣息。

他望向掛著「授予所」（註：神社裡頭的販賣部）招牌的建築物，有一名巫女打扮的女

Preparation4

~準備4~

性坐在後頭。

她前方的台面上陳列著各種護身符和抽籤筒。

對了，我以前還有拿到千歲糖（註：在七五三節日給孩子吃的一種糖果）嘛——昔日光景鮮明地復甦在健的腦海中。

明明是買給自己的千歲糖，弟弟卻好生羨慕地吵著要吃。即使母親安慰「明年就輪到你嘍」，卻怎麼都勸不動弟弟。最後，健把自己的千歲糖分一半給他。

一開始，健原本還覺得這樣很不合理，但看到弟弟開心的表情後，他也就不計較了。

不可思議的是，至今猶存的回憶當中，比起不開心的事，開心的事反而比較多。

如果能夠滿足於當時的情況……他們現在想必還能繼續當「一家人」吧。

健扯了扯拜殿的麻繩，讓上頭的鈴鐺發出聲響後，將香油錢投入賽錢箱裡。不過，他沒有什麼想許的願望。

總覺得，就算許願了，或許也不會有任何幫助吧。他轉身步向石階的方向。

不疾不徐地踩著階梯往下時，他看到一名女學生走上來。

對方的步伐，輕快到每一步都像是在蹦蹦跳跳。

她有著閃閃發光的雙眼，以及在夕陽餘暉下微微泛紅的臉頰。

發現這個女孩子穿著和自己同一間國中的制服，健停下腳步，望向她和自己擦肩而過的背影。

「她是……」

（是跟虎太朗同班的女孩子對吧？）

到虎太朗的班級去時，他看過這個女孩子好幾次。

是發生了什麼好事嗎？

因為對方的模樣看起來實在太開心了，健臉上也不自覺跟著浮現笑意。

直到方才都還沉重不已的心情，突然一下子輕盈許多，讓健下樓梯的腳步也變得活潑

起來。

◆◇♡◇◆

隔天的午休時間，亞里紗捧著銀色的托盤，和大家一起排隊。

今天的營養午餐，菜色是燉菜、鬆軟的長條麵包、沙拉和優格。

領完自己那份營養午餐後，大家們紛紛走回座位上開始享用。

（今天一定……一定要找加戀一起吃午餐！）

這麼下定決心而來到學校後，亞里紗一直處於心跳加速的狀態當中。

昨天的體適能測驗，她們倆也都是一起進行，而且已經會直接用名字稱呼彼此了。

所以，不會有問題。

『加戀～要不要一起吃午餐？』

像這樣，用自然而然、若無其事的輕鬆語氣，主動邀約就行了。

加戀也一定會以「好啊～！」回應她。

亞里紗緊握著手中的麵包夾，盯著裝在大箱子裡的麵包時，排在後方的虎太朗喚了一聲「喂～高見澤」。

「不要一直死瞪著麵包，趕快前進吧？」

「我……我知道啦！」

發現其他同學也跟著笑起來之後，亞里紗的一張臉漲得老紅。

她匆匆夾了一個麵包，把麵包夾塞給虎太朗，然後離開隊伍。

加戀已經領完了自己那份午餐，正要回到座位上。

「啊……」

她也不自覺地望向亞里紗。

（我得開口才行。）

就在亞里紗這麼下定決心，準備付諸實行的時候——

「高見澤同學。」

突然有人從後方輕拍亞里紗的肩膀。她反射性地轉頭。

「咦！什……什麼？」

因為嚇了一跳，亞里紗的嗓音聽起來有點尖。

對方是她至今還不曾說上一句話的同班女同學。

「高見澤同學，妳都是一個人吃午餐對不對？要跟我們一起吃嗎？」

「我們覺得妳好可憐呢～」

「所以才想讓妳加入我們。」

「咦……啊……」

（我想跟加戀一起……）

有些困惑的亞里紗再次望向加戀，發現後者已經轉身背對她。

加戀就這樣返回自己的座位，一如往常地獨自開始吃午餐。

（我今天一定要……）

想著說不出口的那句話，亞里紗垂下頭，捧著托盤的手跟著使力。

——對不起，加戀。

反正也不是事先約好。

而且，她們倆的關係還算不上是「朋友」。

不過，亞里紗總有種自己狠狠背叛了加戀的感覺。就算回到座位上開始進食，她仍覺得食不下嚥。

將桌子併在一起的女同學們開心閒聊的內容，她也完全聽不進去。

（加戀今天會不會也想找我一起吃午餐？）

在兩人對上視線時，雖然只有一瞬間，但她總覺得加戀朝自己露出了笑容。

應該……一定是這樣。亞里紗認為她們倆想的是同一件事。

（但我卻……）

「噯～噯～高見澤同學。」

聽到這樣的呼喚，亞里紗才回過神來。她抬起頭，發現周遭的女同學都看著她。

要是一直維持悶悶不樂的表情，對剛才邀請她一起吃午餐的這些人，就不太好意思了。

她連忙擠出笑容，以「咦？怎麼了？」回應。

「高見澤同學，妳的一頭長髮好漂亮喔～」

「是……這樣嗎？」

亞里紗困惑地伸手摸了摸自己的頭髮。

因為家裡是神社，她有時會在慶典裡跳神樂舞。

要跳神樂舞的話，把頭髮盤起來的造型會比較適合，所以她慢慢將頭髮留長。不過，真要說的話，這只是因為無可奈何，而不是因為亞里紗喜歡自己現在的髮型。

「妳不把頭髮綁起來嗎？綁成馬尾之類的。」

小圈圈裡的一名女同學這麼開口後，其他人紛紛以「咦～」表達意見。

「她根本不適合馬尾吧？」

「不然雙馬尾？」

「啊哈哈哈，那更不適合啦。她維持現在這種髮型就好了。對吧，亞里紗？」

「啊～……對啊。不適合……一定不適合嘛。」

迎合這群人而擠出笑容的亞里紗，不自覺地緊緊揪住自己的一撮頭髮。

認識了願意共進午餐的一群人。

照理說，這應該是自己殷切期盼的事情才對，但卻一點都不覺得開心。

總覺得心情變得沉重起來的亞里紗，望向自己的手邊。

（我到底在幹嘛啊……）

接下來的一星期，亞里紗多半都和主動向她搭話的女同學們一起行動。這個小圈圈，是由班上幾名比較會打扮、有著強烈存在感的女孩子所組成。老實說，亞里紗實在不知道她們為何會邀請自己加入。

她和這群女孩子並沒有特別談得來。也不像她們那麼會打扮。不過，就算是基於同情也好。她們主動向自己搭話一事，仍讓亞里紗覺得很開心。而且，擺脫在班上孤立的狀態後，讓她困擾的事也跟著變少了。先撇開是否成功交到朋友的問題不談，至少，有人讓她加入了自己的圈子。光是這樣，或許就已經足夠了吧。

然而，因此持續孤立狀態的加戀，在班上似乎顯得更格格不入了。現在在這個班級，獨來獨往的人只剩下她。而且，自從加入現在這個小圈圈之後，亞里紗變得無法主動找她說話了。加戀的視線也不再跟她交會。

一次都沒有——

放學後，在小圈圈同伴的邀請下，亞里紗跟她們一起來到了購物中心。
亞里紗走在這群人的後方，看著她們挑選衣服和包包的模樣。
（無法加入她們的對話呢……）
這個小圈圈的中心人物，是名為井原由衣的女孩子。
她們似乎沒打算跟亞里紗交流，只是自顧自地開心笑鬧。
無語地跟在後方的亞里紗，看到某個人型模特兒上的衣服時，不禁停下腳步。
（好………好可愛喔………！）
一下子亢奮起來的她，朝周遭東張西望了幾下。
現在，其他女孩子正待在對面的店家裡，開心地挑選服飾。

亞里紗走向那個人型模特兒，朝它身上的衣服伸出手。

以蕾絲和蝴蝶結點綴的這件衣服，完完全全符合她的喜好。

她像是被愛神的箭射中心臟般，痴痴地盯著這件衣服看。

（這件超棒的耶！很棒吧？很可愛對吧？）

人型模特兒的旁邊，陳列著幾件不同尺寸和顏色的同款服裝。

亞里紗揪著展示用服裝的衣袖，「唔～」地沉吟了半晌。接著，她從陳列架上拿起其中一件衣服，移動到鏡子前方。

準備將服裝抵在身上照鏡子的時候，由衣的一聲「亞里紗～」傳進耳裡。

「妳在看什麼？」

從對面的店家走出來的由衣，望向亞里紗手中的衣服。

「啊！我覺得這件很可……」

「嗚哇！誰會穿這種衣服啊？太扯了～」

聽到由衣不屑的回應，亞里紗將說到一半的話硬生生吞回肚裡。

其他女孩子也因此好奇地圍了過來。

「太土了吧～要是看到有人穿這種衣服，我絕對會退避三舍～」

「亞里紗，妳怎麼會看這種衣服啊？」

「咦！啊……呃……我……我想說怎麼會有這麼俗的衣服……」

亞里紗勉強擠出笑容，將手上的衣服藏在身後。

（果然很扯嗎……）

為什麼不能穿這種衣服？

設計明明這麼可愛啊。應該沒有奇特到會被人恥笑才對。

「啊啊！不過，三浦搞不好會穿喔。」

「感覺會耶～因為她會刻意迎合男生的喜好啊。有人會綁著蝴蝶結來上學嗎？」

「太扯了啦。感覺像在強調自己有多可愛一樣。」

說著，由衣等人還發出「呀哈哈」的高亢笑聲。

（為什麼要說加戀的壞話呢？這跟她又沒關係……）

「亞里紗，妳也這麼覺得吧？」

「咦？啊，嗯……這個嘛……」

聽到對方這麼徵求自己的同意，亞里紗移開視線，回以一個含糊的答案。

「亞里紗～妳也要小心一點才行喔。」

由衣探頭過來觀察她臉上的表情，然後露出微笑。那看起來是個完全不帶惡意的笑容。

「三浦她不但愛說謊，個性又很差呢。」

——咦？

接著，女孩們邁出步伐，開心地討論接下來要去哪裡逛。

獨自佇立在原地的亞里紗，低頭望向自己的腳邊。

（沒有這回事。加戀才不是愛說謊的人呢……）

在更衣室時，也曾主動向亞里紗搭話的她，個性一點都不差。

加戀根本沒有做錯什麼事。

因為她很可愛、很受男生歡迎？

只是因為這樣，就必須遭到排擠嗎？

明明知道這種事情是不對的。

但自己卻說不出半句話。不僅如此——

「亞里紗。」

突然有人輕喚亞里紗的名字，還伸手拍了拍她的肩頭。

嚇了一大跳的亞里紗「哇！」地喊了一聲，猛地閃過身子。

看到她被嚇到的誇張反應，主動搭話的加戀也不禁圓瞪雙眼。

Preparation4

~準備4~

「加戀！」

亞里紗感覺到自己的心跳加速。

位於車站附近的這間購物中心，是跟亞里紗同校的學生們經常造訪的地方。所以，就算加戀出現在這裡，也不是什麼奇怪的事情。然而，畢竟一行人剛剛才在討論她的八卦，所以著實讓亞里紗大吃一驚。

剛才那些話是不是被她聽到了？

（怎麼辦？我得說些什麼才行。該說些什麼……）

「妳……妳來買東西？」

「嗯，對呀。妳呢？」

不同於待在學校裡的時候，現在，加戀臉上的表情看起來很開心。

看到加戀探頭望向自己身後，亞里紗不禁焦急起來。

「這個是……我只是隨便看看而已！不是我要穿的！」

由衣她們剛剛才給過「太扯了」的評價。

加戀一定也會覺得這件衣服很俗氣吧。

「這種款式的衣服，讓人很憧憬呢。」

聽到加戀輕笑著說出的這句話，亞里紗停下原本打算將衣服放回去的動作。

她們望向彼此，像是為了掩飾難為情而露出笑容。

「雖然不適合我就是了。」

「雖然不適合我就是了。」

（啊啊，什麼嘛。）

加戀並沒有恥笑我。她想得跟我一樣。

（我們兩個說不定有點像呢。）

或許加戀也察覺到亞里紗內心的想法了吧，兩人一起發出輕笑聲。

好開心啊。不同於跟由衣她們在一起的時候。不需要偽裝自我。感覺好輕鬆。

（我或許真的能跟加戀……）

「亞里紗，妳在幹嘛？我們要走嘍～」

先行移動到電扶梯前方的由衣等人出聲喚道。

「啊……呃，嗯……」

亞里紗有些迷惘地低聲回應。

（我還想跟加戀多聊一點。可是……）

「妳是跟她們一起來的啊。」

加戀臉上的笑容瞬間褪去。她沒再多說什麼，就這樣掉頭離開。

「啊，加戀，等……」

「亞里紗～？」

由衣聽起來有些不耐煩的嗓音，讓亞里紗縮回原本打算伸出去的手。

她的雙腳無法動彈。

（為什麼不追上去呢？）

心中的另一個自己，以帶著幾分責難的口吻質問亞里紗。

沒辦法啊。因為我現在是由衣那個小圈圈的成員之一。

要是在這一刻脫隊，我就會被她們視為叛徒，然後——

亞里紗趕到在遠處等她的那群女孩子身邊，堆出笑容表示「對不起」。

——卑鄙小人。

她彷彿聽到有人在自己耳邊這麼低喃。

Preparation4

～準備4～

啥!? 為什麼是我啊!!
是說…要怎麼關照她啦！

Preparation 5

~準備5~

はっ

你們在說什麼啊!!

我們不是死黨嗎!!

ニャンプ

◇◆Preparation5♡ ～準備5～◆◇

放學後，健走在變得寂寥的走廊上，從口袋裡掏出自己的手機。

平常總是多到讓人有點受不了的簡訊，今天卻連半則都沒收到。

他走向國二生的教室，聽到裡頭傳出陣陣嬌嗔和笑聲。對方果然還在嗎？

（噢，什麼啊。原來是這麼一回事……）

健毫無忌諱地打開教室大門。原本窩在教室角落、臉蛋也幾乎貼在一起的兩個人，吃驚地轉頭望向他。

教室裡沒有其他學生。在笑聲消失後，室內只剩下簡直令人窒息的沉默。

最先開口的人，是跟她依偎在一起的國二男學生。

「我說～這傢伙該不會就是妳說『最近跟他玩了一下』的國一學弟吧？」

Preparation5
～準備5～

這名學長露出不懷好意的笑容，像是示威般刻意摟住女方的肩頭。

但她推開了他的手，臉上的表情滿是動搖。

她連看都不看這邊一眼。

大概是沒辦法跟健四目相接吧。這也理所當然。

「……他是我男朋友啦……」

她的這句發言，讓人感覺不到半點誠意。

「妳剛才不是說他是個無趣的傢伙嗎？」

「我哪有說過這種話！而且，是你先過來糾纏我的吧？」

「啥？是妳主動勾引我才對吧！」

「我才沒這麼做！」

健佇立在原地，以冰冷的眼神望向開始爭論的兩人。

在女方變得有些歇斯底里後，男方也不自覺提高了嗓音。

（唉～……已經夠了。你們閉嘴吧。）

健掀起瀏海，重重嘆了一口氣。

他朝身旁的門板踹了一腳，發出的巨響讓兩人嚇得瞬間安靜下來。

「對不起喔，學姊。」

健帶著和被告白時沒兩樣的微笑開口。

「剛剛，我一直在思考該說些什麼來挽留妳。不過……」

「……咦？」

「我一個理由都想不到呢。」

「這是怎樣？什麼意……」

「所以，已經夠了。我們就此說再見吧。」

對表情僵硬的她爽快地這麼表示後，健便轉身離開。

「咦，等一下啦……為什麼啊……太過分了！」

（過分？是妳先背叛我的吧？）

從後方傳來的咒罵聲，以及就連走廊上都聽得到的哭聲，全都讓人心煩不已。

健收起笑容，在走廊上繼續前進。

回到國一生的教室外頭時，健停下腳步。

平靜地照亮教室內部的夕陽餘暉，讓他不自覺望向窗外。

從一開始，他就對那名學姊沒有任何感情。

（要說背叛，或許我也差不多吧……）

他將視線從窗外拉回，再次邁開步伐。

健第一次跟女孩子告白，是在他念小學的時候。

「對不起喔……」

露出看似困擾的表情這麼輕聲回答，然後轉身離去的那個女孩子。老實說，健已經連她叫什麼名字都不記得了。

至今，他甚至會湧現「我當初怎麼會跟她告白呢？」這樣的疑問。所以，或許自己當初根本也不是認真的吧。

然而，回想起這件事的時候，胸口卻偶爾會湧現一股刺痛。這或許是因為身為膽小鬼的自己竭盡全力鼓起的勇氣，卻被對方輕易捨棄一事，讓健對自己也對那個女孩子失望透頂吧。

將閃閃發光的石子撿回家，認定這就是自己的寶物，然後小心翼翼地珍藏著。

然而，卻在某天無意間發現，這只是顆隨處可見的平凡石頭——就像是這樣的感覺。

石子不再閃閃發光。自己也對它失去了興趣，連看都不會再看一眼。

就是這樣的失落感——

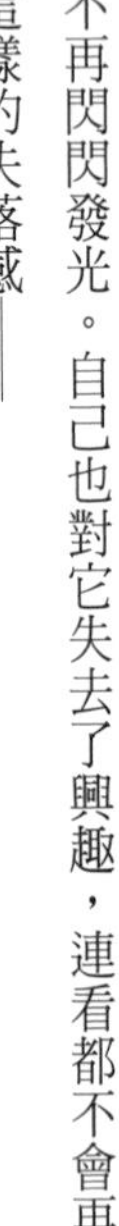

Preparation5
～準備5～

健原本以為，和那時相比，現在的自己已經能做得更好一點了。

但現在卻又重蹈覆轍。對自己和對方失望，以一句「已經夠了」將一切拋開。

想著「反正就是這點程度的事吧」，然後再次放棄。

令人憧憬的戀愛關係，不存在於這個現實世界的任何地方。

就算試著告白、試著交往，雙方的心意也不曾真正相通過。

（真的很好笑耶……）

總是這種糟糕透頂的經驗。

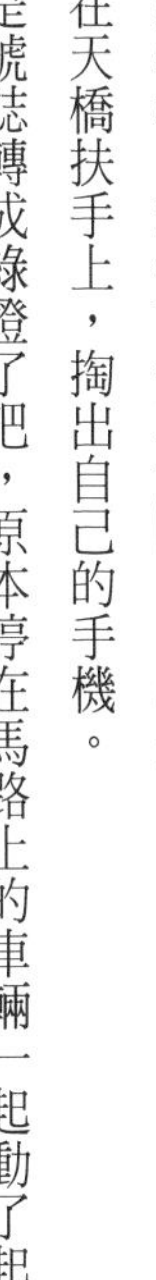

健離開學校，準備前往車站時，已經是夕陽西下的時間。

他靠在天橋扶手上，掏出自己的手機。

大概是號誌轉成綠燈了吧，原本停在馬路上的車輛一起動了起來。

健撥了通電話，將手機靠在耳邊，仰望月亮若隱若現的夜空。

「啊～喂喂？是我啦……你現在在幹嘛？」

以一如往常的輕佻語氣這麼詢問後，手機另一頭傳來對方的回應。

聽到這道帶著幾分困擾的嗓音，健莫名有種放心的感覺。

「……我嗎？我在車站附近。現在剛好很閒呢。」

迎面吹來的風，混著街上人潮的氣味。

他以手壓著被風揚起的髮絲，以略低的嗓音開口。

「嗳，陪我一下吧。」

通話結束後，健將手機塞進口袋。

接著，他將手擱在扶手上，緩緩地在天橋上前進。

◆ ◇ ♡ ◇ ◆

Preparation5
～準備5～

健踏入的這間電玩中心，裡頭可見很多在放學後繞過來的學生。

店內充斥著足以讓人頭痛的高分貝噪音和笑聲。

「啊～可惡，我又輸了！」

虎太朗坐在賽車遊戲機台的座位上，將一顆頭向後仰，不甘地這麼開口。

坐在他旁邊座位的健，靠在方向盤上笑著開口：

「虎太朗，你這次又吊車尾耶！」

「要不是你在最後關頭扔香蕉皮過來，我就會先到終點了啦！」

「你也很配合地開過去，結果車子就瘋狂打轉呢～虎太朗，你實在太有趣了。」

聽到幾乎笑破肚皮的健這麼說，坐在虎太朗右側的幸大也忍不住噴笑出聲。

健在天橋上打電話時，剛好是虎太朗和幸大結束社團活動、準備離開學校的時間。

為了排解內心的煩悶情緒，他約兩人一起來電玩中心。

「你太強了吧，幸大。這樣的比賽沒有意義啊！」

因為周遭的音量很大，虎太朗也跟著提高嗓音。

進行到第五場比賽時，幸大第一、健第二、虎太朗第三這樣的名次，依舊和前幾場一模一樣。

「嗯……如果是跟你們比，我覺得不會輸呢。」

對著顯示出「YOU WIN！」幾個大字的畫面，幸大以手指推了推眼鏡。

「你到底練了多久啊？感覺技術跟夏樹不相上下耶。」

虎太朗長嘆一口氣，沒好氣地這麼表示。

「接著去玩推幣機吧！」

健從座椅上起身，拿起放在一旁的書包開始移動。

「柴健，你也太快就膩了吧！」

「因為不管玩幾場，你都是最後一名嘛。」

笑著這麼說之後，健朝推幣機所在的樓層走去。

幸大跟虎太朗也拿起書包跟上。

Preparation5
～準備5～

走到半路，健突然「喔！」了一聲，然後停下腳步。

他站在一台夾娃娃機旁。

機台裡頭放置的一隻超大北極熊娃娃，吸引了他的目光。

「你在幹嘛啊？」

發現健在夾娃娃機前駐足，虎太朗從一旁探過頭來。

「啊～抱歉。等我一下。」

健從褲子後方的口袋掏出錢包，將零錢投入機台。

「好大隻！這種的不管夾幾次，都沒辦法成功吧？」

「如果是夾不起來的東西，就不會放進機台裡啦。」

健按下按鈕，小心翼翼地操作夾子。

然而，夾子只是夾住了北極熊的手臂，完全沒辦法把整隻抓起來。

沒夾到任何東西的夾子，就這樣默默地回到原位。

原本盯著機台內部的健和虎太朗面面相覷。

之後，又過了三十分鐘——

「柴健，快住手。別這樣，你清醒點啊！」

站在健身後的虎太朗以雙手架住他，拚命想阻止他繼續投零錢。

「我絕對要夾到這隻北極熊！死都要夾到！」

「幸大，你別只是在旁邊看，快想點辦法啊！」

聽到虎太朗向自己求助，原本只是在一旁看著的幸大說了一句「真拿你沒辦法耶」，然後往前踏出一步。

接著，他掏出自己的錢包，將零錢投入機台。

「咦！喂，幸大？」

來到虎太朗身旁的幸大，開始喀嚓喀嚓地操作按鈕。他的動作看起來熟練不已。

在幸大的操作下，下降的夾子牢牢地夾住北極熊的脖子，再緩緩地將娃娃整隻抓取起來。

在屏息旁觀的虎太朗和健眼前，北極熊娃娃「咚」一聲掉落到取物口。

「「喔……喔喔喔喔喔喔～！」」

健和虎太朗不禁同時發出歡呼聲。

幸大淡淡地從取物口拿出北極熊娃娃，說了一聲「給你」遞給健。

「糟糕了！我剛才……好像有種怦然心動的感覺耶。幸大，我都快喜歡上你了～」

健緊緊抱住從幸大手上接過來的北極熊娃娃。

一如外觀，這隻娃娃有著蓬鬆又毛茸茸的觸感，摸起來十分舒服。

「不，不用喜歡上我沒關係。這只是你的錯覺而已。」

「你好強喔，幸大。我原本覺得這隻沒人夾得起來呢。」

虎太朗以敬佩的眼神望向幸大。

「一般都夾得起來吧？」

「「夾不起來好嗎！」」

虎太朗和健同時這麼反駁，又一起笑出聲來。

（……跟這兩個傢伙待在一起，果然很開心呢。）

只要跟他們一起做蠢事、一起吵吵鬧鬧，自己就不會去思考多餘的事情。

這樣輕鬆多了。

◆ ◇ ♡ ◇ ◆

離開電玩中心時，天色已經完全轉暗。

三人並肩走在被展示櫥窗的燈光打亮的人行道上。

電車飛快駛過的聲響，從遠處的車站傳來。

「柴健，你不覺得這樣很丟臉嗎？」

走在一旁的虎太朗壓低音量這麼問。

「你在說什麼啊~可以大搖大擺地抱著走，才是這種東西的好處嘛。」

將超大隻北極熊娃娃夾在腋下的健笑著答道。

Preparation5

～準備5～

「那個好可愛喔～！」

「真的耶。好好喔～」

因為實在太引人注目，在路上跟其他女孩子擦身而過時，總會聽到這樣的感嘆聲。

「虎太朗、幸大，我們繼續去卡拉ＯＫ唱歌吧！」

「你還要玩啊？」

「從明天開始就是二連休了啊～直接回家太浪費了吧？」

又說了一句「我要丟下你們嘍～」之後，健便快步往前走。

「幸大，你要去嗎？」

虎太朗轉頭望向從後方緩緩跟上來的幸大。

「我要去。」

「沒關係嗎？」

「柴健大概也發生了很多事吧。」

說著，幸大輕拍虎太朗的肩頭。

「你如果有事的話，不用勉強陪他喔。」

「唉，真受不了耶~……」

虎太朗搔了搔頭，和幸大一同跟上健的腳步。

看著這樣的他，幸大輕笑出聲。

「你好合群喔。」

「你才是吧。」

◆ ◇ ♡ ◇ ◆

「柴健，聽說你跟國二的學姊分手了？」

「那這次跟我交往吧~」

假期結束後，班上的女同學們聚集到健身邊這麼嚷嚷。

（到底是聽誰說的啊……）

感到幾分厭煩的他，在這群女孩子包圍下走向教室。

Preparation5
～準備5～

距離早上的朝會還有一段時間，所以教室裡和走廊上都吵吵鬧鬧的。

「我說啊～妳們不要因為跟自己無關，就這麼開心八卦好不好？別看我這樣，我可是心都碎了呢。」

「咦～難道是你被拋棄了～？」

「聽說是對方劈腿～？你好可憐喔～」

這些發言毫不客氣地刺進健胸口，讓他的表情變得有些僵硬。

（我才沒被拋棄好嗎？是我甩了她才對！）

他對這些高聲談笑的女孩子感到些微不悅，加快了前往教室的腳步。

途中，虎太朗班上的一群女孩子從一旁走過。

「啊～那個女生真的很討人厭呢。」

「之前上體育課的時候啊～……」

「咦～這太差勁了吧！」

她們似乎正在熱烈地聊某個人的壞話。

走在最後方的，是上次在神社跟他擦肩而過的女孩子。

「嗳～亞里紗，妳也這麼覺得吧？」

原本低垂著頭的她，聽到有人這麼徵詢自己的意見，連忙抬起頭來。

她勉強擠出一絲笑容，以「就是啊……」敷衍著回應。

或許是覺得這樣的反應很掃興吧，其他女孩子不再向她搭話。

明明是朋友，感覺卻相當生疏。

（那個女孩子叫做亞里紗啊……）

隨後，她馬上又垂下頭來，臉上的笑容也消失了，只是踩著沉重的腳步默默跟在後方。

在神社的階梯上擦肩而過時，她看起來明明那麼開心。

現在的她卻露出一臉陰鬱的表情，看起來一點都不快樂。

Preparation5
~準備5~

為了迎合他人而展露笑容。

如果會辛酸到想哭，不要這麼做就好了啊。

「……大概做不到吧。」

健這麼輕喃，嘴角揚起苦笑。

無論是誰，為了守護自己小小的歸屬之處，都會卯起來拚命。

為此，甚至得扮演出連本人都不喜歡的自己。

而健也是如此。

Preparation6
~準備6~

◇◆Preparation6 ♡ ～準備6～◆◇

隔天的體育課之後。

在更衣室換完運動服、較晚返回教室的亞里紗，發現狀況有些不對勁。

教室裡的氣氛騷動不安，同時卻又莫名沉重。

不解地踏入教室的亞里紗，無意中將視線移向已經坐在座位上的加戀。下個瞬間，她差點「啊」地驚叫出聲。

加戀低垂著頭。她的桌上被人寫滿了中傷的字眼。

接著，淚水從加戀的臉頰滑落，滴到桌面上。

她緊咬著嘴唇，看起來像是為了不讓自己哭出聲而拚命忍耐。

「好過分喔～這是誰做的啊？」

Preparation6
～準備 6～

有人刻意提高音量這麼說。聚集在教室後方的一群女孩子跟著竊笑起來。
嘴上叨唸著「好過分啊～」的男生，也只是擺出隔岸觀火的態度。

（加戀……）

亞里紗往前踏出一步，正打算以「嗳……」開口輕喚時。
「亞里紗，妳在幹嘛？等等就要換教室嘍。」
一道帶著責難語氣的女性嗓音傳來，讓亞里紗嚇了一跳，停下原本打算伸出的手。
她抬起頭，發現由衣等人正盯著自己。
（要是跟加戀搭話，我也會……）
亞里紗硬是吞下哽在喉頭的話語，離開了加戀身旁。
（這樣好嗎？）
浮現在腦中的自己的聲音，不斷這麼責備著亞里紗。
（這也沒辦法啊。我根本無能為力。）

她在內心拚命為自己再三辯解。

「只因為長得比較可愛，太得意忘形了吧。」

「對吧～妳也這麼覺得吧，亞里紗？」

眾人的視線全都集中到沉默不語的亞里紗身上。

脖子彷彿被緊緊掐住，讓她覺得呼吸困難。

「就是啊～……」

亞里紗擠出陪笑的表情，以細小的音量附和。就在這時候——

「我到底做了什麼？拜託妳們住手……別再這樣了！」

坐在座位上的加戀，以近乎尖叫的嗓音這麼開口。

或許是再也無法忍耐下去了吧。

聽到她的這句話，亞里紗整個人僵在原地。

面對以雙手掩面而痛哭失聲的加戀，亞里紗身邊的女孩們紛紛對她投以「搞什麼啊」

的冰冷眼神。

「講得好像是我們霸凌她一樣呢。」

「又沒有證據，這麼說太過分了吧～」

這麼表示後，由衣一行人嘻笑著離開了教室。

加戀的哭泣聲和尷尬的氣氛，就這樣籠罩了教室片刻。

（我得主動跟她說話才行……可是，要說什麼？）

剛才，為了迎合其他女同學，自己甚至也跟著說了加戀的壞話，現在不可能再厚著臉皮過去，以「妳還好嗎？」慰問她。

她跟其他人一樣傷害了加戀。這點不會有任何改變。

（事到如今，還想若無其事地跟她搭話……）

明明因為害怕自己成為下一個目標，而做出一副不關己事的態度。

要繼續這種行為到什麼時候？

得繼續這種行為到什麼時候才好？

明明傷害了加戀，卻還想要保護自己。

（我討厭這樣的自己。討厭。全都好討厭。最討厭。討厭死了……）

自己為什麼如此懦弱呢？

卑鄙小人。

膽小鬼。

（太狡猾了……總是只想到自己。）

因為太懦弱、太害怕……所以逃走。

亞里紗轉身衝出教室。

心臟幾乎被撕裂的感覺，讓她好想放聲大叫。

Preparation6

～準備６～

◆

◇

♡

◇

◆

她沿著階梯往上跑，打開學校頂樓的大門衝到外頭。

亞里紗奔向外側的圍籬，以雙手緊緊握住欄杆後，使盡全身的力氣大喊：

「差勁…………我有夠差勁！」

（我為什麼沒能說出口呢？）

至今，她應該有無數個能夠主動向加戀搭話的機會才對。

在營養午餐的時間，如果能對她說「我們一起吃吧」就好了。

如果能更早對她說「我們來當朋友吧」就好了。

就像剛才，她明明也可以對那些人說「別再做這種事了」。

但因為沒有勇氣，所以她全部、全部都吞回了肚裡。

要是能說出這些話的其中一句，一切或許就會不一樣了。

或許就不會是現在這種情況了。

亞里紗握著欄杆垂下頭來。溢出的淚水沾濕了水泥材質的地面。

她討厭孤單一人。她好想要朋友。

明明只是這樣而已。

要克服多少的傷痛，才能夠長大成人？

崩壞的溫柔化成淚水溢出。

噯……誰來……

告訴我吧——

◆ ◇   ◇ ◆

Preparation6
～準備6～

水塔所在的頂樓，是個視野相當開闊的地方。
像今天這種好天氣，是最適合打發午休時間的地點。
因此，這陣子以來，只要到了午休時間，健經常會把幸大和虎太朗約來這裡。

「下午的課讓人好無力喔……」
虎太朗靠著矮牆仰過頭，幸大則是默默地翻著今天剛出刊的漫畫雜誌。
健在這兩人身旁隨意把玩著手機。

「是說，我們為什麼要聚在這裡啊？」
「是因為很閒吧？」
聽到虎太朗的喃喃，幸大中規中矩地開口回應。
「感覺很沒意義耶～啊～好想跑步～……」
「就算長出肌肉，我覺得你也不會受到瀨戶口同學青睞喔～」
聽到健一邊玩手機一邊這麼調侃自己，虎太朗隨即面紅耳赤。

「為什麼會在這時候提到雛啦！」

「好啦好啦～虎太朗。因為柴健剛失戀，所以最近變得很彆扭呢。你就原諒他吧。」

幸大拍了拍虎太朗的肩膀。

「咦！真的假的？是說，你之前有交往的對象啊，柴健？」

「幸大，我說你啊～我們等一下到廁所聊聊吧～」

（是說，為什麼連幸大都知道啦？）

原本看著手機畫面的健不經意抬起頭來。

這時，頂樓大門突然猛地被打開，一個身影跟著衝出來。

「咦……那應該是你班上的女孩子吧，虎太朗？」

「嗯？」

幸大這麼問之後，虎太朗轉過頭。

「噢，什麼啊……是高見澤。」

聽了兩人的對話，健探頭往下看，發現那個身影是亞里紗。
她或許以為頂樓沒有其他人在，衝到外圍的欄杆，然後開始哽咽著哭出聲。
因為周遭十分安靜，她的哭聲顯得格外響亮。

「喂～妳怎麼……」
「笨蛋～你太粗線條了。」
健制止了原本想出聲呼喚亞里紗的虎太朗。
她吶喊著「最差勁了」的嗓音，透露出有如尖刀刺進自己胸口那樣的痛楚。甚至連健都受到影響，覺得胸口隱隱作痛。
因為情緒滿溢到幾乎要將心臟撐破，而渴望將其一口氣全數宣洩出來——無論是誰，想必都會有這樣的經驗。
持續了一會兒之後，哭聲逐漸變小。

看似哭累的亞里紗抬起頭仰望天空，拭去殘留在臉頰上的淚水後，便打開大門步出頂樓。

在她離開後，帶著幾分尷尬的沉默仍籠罩了頂樓片刻。

「虎太朗，你跟那個女孩子同班對吧？要好好關照她喔。」

「啥？為什麼是我……是說，要怎麼關照她啦？」

「總之，拜託你嘍。」

「柴健對女孩子都很溫柔呢。我也好想被你更溫柔地對待喔～」

聽到幸大的發言，健圓瞪雙眼，接著恢復成一以如往常的輕佻態度，以一句「你在說什麼啊！」回應。

「我們不是死黨嗎！」

說著，他摟住兩人的肩膀。幸大和虎太朗則是露出一臉「你又想用這種話敷衍了」的複雜表情。

明明用更輕鬆的態度過日子就好了。

Preparation6
～準備6～

只是上學、只是交朋友而已。
能開心笑著度過的話，這樣就夠了。
（可是，為什麼這點程度的事情，竟然會如此困難呢……）

Preparation 7
~準備7~
高見澤亞里紗
2月3日生　水瓶座、B型
國一。原本打算在上了國中後，要努力
融入女孩子的小圈圈。
家裡是神社。對虎太朗信賴有加。

◇◆Preparation7♡～準備7～◆◇

下課後，鐘聲還沒響完，學生們便接二連三衝出教室。

四月結束的現在，社團觀摩期也差不多告一段落，大家似乎都決定了自己要正式加入的社團。

至今，亞里紗仍沒有加入任何社團的意願。到了放學時間，她總是會馬上回家。因為她不想在學校久留。

和其他前去參加社團活動的學生擦肩而過時，她才發現自己一直都看著地上走路。

加戀遭受到的霸凌似乎一天比一天嚴重。

有時是運動服被扔進打掃用具的櫥櫃裡，有時是室內鞋裡頭被倒滿牛奶⋯⋯

明明看到加戀獨自默默清洗室內鞋的身影，亞里紗卻無法向她搭話。

加戀一定不會再對她展露笑容了吧。
因為她一定會認為亞里紗跟其他女孩子是一伙的，聯合起來嘲笑她。
然而，無法以肯定態度說出「不是這樣」的自己，更讓亞里紗覺得沒出息。

好想做點什麼。可是，又該做什麼才好？
就算向師長報告加戀遭到霸凌的問題，亞里紗覺得也不會有幫助。
恐怕還只會助長這場騷動，讓加戀在教室裡更難待下去。

小學那時也是如此。
發現班上有同學被霸凌後，亞里紗向老師報告了這件事。
可是，霸凌並沒有因此消失，反而在背地裡愈演愈烈。
每次都是這樣。就算她做了自己認為正確的事，也只會出現反效果。
所以，配合當下的氣氛行事，不要做任何多餘的行為，或許就好了吧。
加戀的事情也一樣。就算自己從旁介入，也絕對不會有好事發生。

如果只會讓事態惡化的話，還不如什麼都不要做。

亞里紗已經不想再重蹈覆轍了。

（可是，這樣就好了嗎？）

如果就這樣什麼都不做，霸凌行為可能只會變得更過火。

只是在一旁靜觀，真的是正確的嗎？

（要試著找人商量一下嗎？）

可是，要找誰？

她根本沒有能商量問題的——

「等一下啦，雛！」

這道傳入耳中的嗓音，讓亞里紗緩緩抬起頭。

虎太朗剛好正從其他班級走出來。

「榎……」

Preparation7
～準備7～

亞里紗不自覺地朝前方踏出一步。

「唉～幹嘛啦！」

一個同樣念國一的女孩子不悅地這麼回應。

虎太朗沒有發現亞里紗，趕到那個女孩子身旁詢問：

「妳今天要去參加社團活動嗎？」

「要啊。」

「我也是。那等社團活動結束後，我們一起……」

「不要～我已經跟朋友約好要一起回去了。」

「咦！為什麼啊？」

「什麼為什麼，因為我們要繞去吃可麗餅啊。」

「啊，喂！等等啦，雛！」

亞里紗在走廊一角停下腳步，看著兩人逐漸遠去的身影。

兩人看起來很親近。

他們可以坦率地向彼此說出自己想說的話。想必是因為兩人之間存在著某種程度的羈絆吧。

被虎太朗喚作雛的那個女孩，在其他女孩子向她搭話後，便有說有笑地和對方一起走下樓梯。

（啊啊，真好……）

那個女孩子一定很開朗、個性也很好，然後擁有很多朋友吧。

也能順利打造出自己在班上的歸處，跟霸凌完全無緣——

虎太朗也是如此。

那兩人都生活在暖陽照耀的地方。

「為什麼只有我這個樣子……？」

亞里紗忍不住這樣輕喃。

她彷彿一直……一直都待在某個寒冷的暗處。

Preparation7
～準備7～

明明想逃出去，卻不知該往哪裡逃才對。

（我該怎麼做？告訴我吧……拜託。）

誰來——

亞里紗垂著頭，然後轉身跑走。

途中，她似乎撞到了某人的肩膀，卻連抬頭向對方道歉都做不到。

誰來——救救我吧。

◆◇♡◇◆

「嗳～柴健，你有在聽嗎？」

「啊～抱歉，妳剛才說什麼？」

「真是的～你根本沒在聽嘛！我是說今天放學後的事！」

在走廊上前進的健，漫不經心地聽著身旁女孩子的發言時，被從反方向跑過來的亞里紗稍微擦撞到。

從她低著頭的模樣看來，大概沒注意到走廊上有其他人吧。

「啊！喂……」

健的呼喚聲，似乎沒能傳到她的耳中。

她帶著凝重的表情跑遠。

「那個女生是怎樣呀？撞到人也不會道歉，太過分了吧？」

摟著健手臂的女孩子不滿地開口。

「……她沒撞到我啦。」

「咦～明明就有撞到。」

「我都說沒撞到了，沒關係啦。」

「你在生什麼氣啊，柴健？」

健將手插進口袋裡，帶著不悅的表情，沉默地踏出腳步。

（要是一味往下看，就無法發現了吧。）

發現其實有人試著想要幫助自己……

◆◇♡◇◆

（真不想去上學……）

隔天，亞里紗從一大早就憂鬱不已、身體也沉重得下不了床，第一次裝病請假了。

「亞里紗～妳要不要緊？如果發燒的話，記得要吃退燒藥喔。還是妳要去看醫生？」

打開房門窺探的母親擔心地這麼問道，這讓亞里紗相當愧疚。

「不……我沒事。只是有一點頭痛而已。」

「這樣啊。媽媽要出門買東西，但家裡還有爺爺在，有事的話就找爺爺吧。」

Preparation7
～準備7～

「嗯……」

待房門關上，亞里紗重重嘆了一口氣，將整顆頭靠在茶几上。

「我……說謊了……」

對同學說謊、對父母說謊。

（可是……我不想去學校。我討厭上學。）

然而，像這樣窩在家裡逃避的自己，更讓亞里紗厭惡。

『倘若只顧著配合別人，這就不是我的人生了……』

聽到忘記關上的電視傳來的這句話，讓亞里紗慢吞吞地抬起頭。

出現在螢幕上的，是將一頭長髮紮成雙馬尾的某個女性模特兒。

正在接受記者採訪的她，一雙大眼看起來閃閃發亮。

（啊，我知道這個人……）

是拍過某個布丁廣告的女孩子，也很常出現在時尚雜誌上。

畫面上打出了她的名字。

成海聖奈——

『如果有喜歡的東西，我想直接說出喜歡。』

說著，聖奈露出微笑。

『一味討厭的人生，是很無趣的。』

簡直像是對著亞里紗說出來的這句話，讓她的視線無法從畫面上移開。

『我想當個能夠抬頭挺胸、自信滿滿地表示「這就是我」的人。如果做不到這點，一定也無法讓別人欣賞我。所以，我想正視自己的心情。』

雙頰看似因害羞而泛紅，但她仍以清晰澄澈的嗓音這麼表示。

望向鏡頭的，是一雙充滿自信的眸子。

（原來也有這樣的人……）

這個人看起來應該跟自己差不多年紀。

但她卻能懷抱自信，沒有一絲迷惘，確實在自己想走的道路上前進。

跟在學校這個狹窄的世界裡縮起身子，哪裡都去不了的自己相比，可說是天差地遠。

世界是如此寬廣，可以前往任何地方——

（既然這樣，我要在這個狹小的世界裡躲到什麼時候？）

只要想做，明明什麼都做得到。明明可以變成任何模樣的自己。

「啊啊，真是的！這樣一點都不像我啊！」

亞里紗這麼大喊，然後猛地起身。

『一味討厭的人生，是很無趣的。』

買。

這句話深深打動了亞里紗的心，讓熱情再次湧現。她打開房間的衣櫃。

接著，她從裡頭抽出去購物中心那天，讓自己一見鍾情的那件衣服。

儘管遭到由衣一行人訕笑，仍對這件衣服戀戀不捨的亞里紗，在星期天再次前往購買。

她褪下身上的衣物，第一次換上這件全新的衣服。

然後，她來到巨大的穿衣鏡前方，將一頭長髮在腦袋兩側紮起。

看著鏡中的自己，亞里紗不禁「啊哈哈」地笑出聲。

「真不適合耶～」

她回想起自己跟加戀同時笑著說出「雖然不適合就是了」這句話的光景。

真的一點都不適合。無論是風格超級少女的這件洋裝，或是雙馬尾的髮型。

果然還是無法變得像聖奈一樣啊。

像她那樣，在面對喜歡的事物時，自信滿滿地表示喜歡——目前的亞里紗仍做不到。

Preparation 7
～準備 7～

可是——

現在，亞里紗覺得這樣就好了。

比起隱瞞真正的想法，坦然面對自己而活，絕對是更棒的一件事。

比起討厭的自己，變成喜歡的自己，一定會更開心。

不要再欺騙自己的心了——

對著鏡中的自己，決定拋開迷惘和不安的亞里紗這麼宣言。

倘若只顧著配合別人，
這就不是我的人生了。
如果有喜歡的東西，我想直接說出喜歡。

Preparation 8

～準備8～

啊哈哈，
真不適合耶～

◇◆Preparation8♡～準備8～◆◇

隔天，前往學校的亞里紗，站在教室外頭深呼吸。

（從這裡重新開始……）

這麼下定決心後，她抬起頭，筆直望向前方，以緊張的手打開大門。

教室裡頭的光景一如往常。

加戀低垂著頭，以橡皮擦擦去不知是誰在課本上寫下的中傷字眼。

一邊對這樣的她指指點點，一邊笑著討論「我討厭她～」的女同學。

在黑板前方嬉鬧，彷彿這一切都與他們無關的男同學。

這已經完全變成稀鬆平常的光景。沒有一個人覺得這樣的狀況不對勁。

這變成了理所當然。

Preparation8
～準備 8～

（不對……這樣是錯的。）

必須有人開口指出這一點都不「普通」才行。

「再這樣下去不行啦！」

為了鼓舞又開始退縮的自己，亞里紗以教室裡所有人都聽得見的音量放聲大喊。

原本鬧哄哄的教室，瞬間變得鴉雀無聲。

大家都對亞里紗投以吃驚的眼神。

好可怕——

現在雙腿仍微微打顫。

可是，她踏出第一步了。再也無法回頭了。

亞里紗緩緩抬起頭，和加戀對上視線。

加戀瞪大雙眼望著她。

或許只是白忙一場呢。

儘管如此，傳達給某個人吧。

傳達出去——

看著表情泫然欲泣的加戀，亞里紗朝她露出全心全意的微笑。

鐘聲響起，同學們陸續返回自己的座位上。

「那是怎樣啊？這樣是想討好誰？」

「大概是為了提昇在校成績吧？反正她是好學生嘛。」

準備在自己的座位上坐下時，這類挖苦的發言傳入亞里紗耳中。

很明顯是故意說給她聽。

是坐在附近的女同學。她們沒有和亞里紗對上視線，持續發出竊笑聲。

Preparation8
～準備8～

（啊啊……果然沒辦法嗎？）

其實，亞里紗也不覺得其他人馬上就能明白。

她知道這並非如此簡單。

儘管試著這麼說服自己，她仍不禁垂下頭來。

「傳達過來了。」

從後方傳來的這道嗓音，讓亞里紗緩緩抬起頭。

（榎本……）

她感覺胸口湧現一股暖意，臉上也自然而然浮現笑容。

「嗯……」

我不會後悔……

不會後悔，可是……

◆ ◇ ♡ ◇ ◆

每次來到虎太朗的教室，裡頭總是瀰漫著不太融洽的氣氛。

到了午休時間，虎太朗會主動造訪幸大和健的班級，可能不只是因為他們班上有雛在。

教室裡的氣氛太糟，讓他待不下去，或許也是原因之一。

一部分的女同學聚在一起，說著某個同學的壞話，或是嘲笑那個人。

這樣的情況並不罕見，是每個班級都可能發生的事情。

在男同學之間，甚至還會發生更陰險的霸凌事件。

就算覺得這樣的行為很無聊，每個人也都只是默默接受這種扭曲的狀況。

班級氣氛以及同學之間的互動關係，只要一度成形，想改變就很困難。

因為不想被捲入麻煩之中，所以，發現不會對自己有利就視若無睹，裝出一副若無其事的態度，輕鬆笑著度過每一天。

（這才是一般人的做法嘛……）

一如往常地和虎太朗、幸大閒聊的同時，健的視線不自覺地望向某個獨自坐在位子上的女孩子。

就在這時候——

「再這樣下去不行啦！」

剛踏入教室，就竭盡勇氣這麼吶喊出聲的人，是亞里紗。

雖然雙腿微微顫抖著，但她仍確實抬起頭，彷彿在宣示自己的主張並沒有錯。

嚇了一跳的，不只是健一行人。

原本孤伶伶地坐在座位上的那個女孩子，也抬起頭來盯著亞里紗看。

亞里紗對這樣的她露出略為靦腆的笑容。

「早安，加戀！」

被喚作加戀的那個女孩，在雙眼蒙上一層水氣後垂下頭。但她仍輕輕回應了一聲「早安」。

「高見澤……」

虎太朗有些傻眼地喃喃出聲。

「啊！柴健，我們得回教室了。班會時間要到嘍。」

望向黑板上方的時鐘後，這麼驚覺的幸大出聲提醒。

聽到開始響起的鐘聲，學生們匆忙返回自己的座位。

「再這樣下去不行……是嗎……」

走回自己教室的路上，健在腦中反芻亞里紗的那句發言。

將一頭長髮高高紮在腦袋兩側的造型，以及像是對所有同班同學下戰帖的堅定眼神，想必都是她強烈決心的象徵吧。

Preparation8

～準備8～

健不知道亞里紗為何會出現這樣的心境變化。

但比起為了附和他人而勉強擠出笑容、因痛苦而低垂著頭，或是在頂樓放聲大哭——

——現在這樣的她，要好太多了。

◆ ◇ ♡ ◇ ◆

午休時間結束後，到了下午第一堂課開始的時間，加戀仍沒有回到教室裡。

相當在意這一點的亞里紗，不禁望向那個空著的座位。

她沒能改變任何事情。

由衣等人依舊無視加戀，不停地說她的壞話。

在加戀痛苦煎熬的時候，亞里紗依舊什麼都做不到。

說出「再這樣下去不行」這句話的人，明明是自己啊。

不對——應該還是有她能做的事情。

「那麼，下一段英文……高見澤，妳來翻譯。」

英文老師以粉筆在黑板上書寫，輕輕拍掉手上的粉筆灰後，轉身望向台下的同學。

「高見澤？」

發現亞里紗看起來一臉呆滯，坐在後方的虎太朗朝她扔了個橡皮擦。

他的橡皮擦打到亞里紗的頭，然後掉到桌上。

「高見澤？」

「啊……是，是！」

這才察覺自己被老師點名的亞里紗，急忙從座位上起身，匆匆翻開課本。

（……我得馬上過去才行。）

加戀絕對在哭。

她從很久以前就知道，加戀如果遇到難過的事，會跑去躲在廁所裡哭泣。

明明知道，卻一直裝作不知情。

Preparation8
～準備８～

亞里紗闔上課本，抬起頭望向老師。

「妳怎麼了？」

「對不起，那個……我去廁所一下！」

她想不到其他能用來溜出教室的藉口。

朝愣住的老師一鞠躬之後，亞里紗便匆匆衝出教室。

她來到走廊上，關上教室大門後，同學們的哄堂大笑從裡頭傳來。

回到教室之後，自己想必會變成全班的笑柄吧。

不過，就算這樣也無所謂。

現在，有比這個更重要的事情。

亞里紗抬起頭，快步通過沒有其他人在的走廊。

她來到鮮少有人進出的北棟大樓的廁所，發現最內側的門緊閉著。

裡頭傳來壓抑的哭聲。

（她果然在這裡……）

「加戀。」

亞里紗站在外頭這麼呼喚之後，哭聲停止了。

「妳在裡頭對吧？」

「妳……怎麼會在這裡？現在不是上課時間嗎？」

門板的另一頭，傳來加戀幾乎要消失在空氣中的細小聲音。

「看到妳不在，所以我也偷溜出來了。」

「……為什麼……這跟妳又沒關係。不要管我就好了啊。」

「因為，我發現再這樣下去不行。我做錯了。噯，加戀，妳聽我說。我希望能重新跟妳……」

「事到如今還說這種話！」

加戀以吶喊打斷了亞里紗的發言。

她的嗓音聽起來在顫抖，想必仍在哭泣著吧。

Preparation8
～準備8～

「妳明明一直視若無睹。對每個人都表現得很友善，卻在背底裡跟大家一起說我的壞話。亞里紗……妳真的很狡猾呢。這次想扮成正義使者了嗎？是因為同情我？還是像大家說的那樣，是為了提昇在校成績？」

（無可奈何……這是無可奈何的結果。）

自己之前做出那麼多過分的行為，會受到加戀譴責也理所當然。

因此，亞里紗無法以「我沒這個意思」為自己辯解。

她背對著廁所門板，望向地板開口。

「加戀，妳說得沒錯。我很狡猾又很懦弱，光是為了保護自己，就耗盡所有力氣。因為這樣，我傷害了妳。對不起……真的對不起。」

（光是這樣，一定無法讓她原諒我吧？）

可是，亞里紗想不到其他足以用來賠罪的說詞，只能拚命繼續往下說。

將自己現在能說出口的想法，全數傾吐出來——

「妳第一次主動找我搭話的時候，我真的很開心。聽到妳直接用名字叫我，我也超級開心的。那時候，我是真心想和妳做朋友。我知道現在才說這些，已經太遲也太自私了，可是，我還是希望能再一次……再一次跟妳……」

「別說了！」

加戀強硬的語氣，讓亞里紗忍不住噤聲。

「我過得好煎熬、好痛苦、不知該如何是好……我一直、一直都好希望有人能來幫幫我。可是，不曾有人對我伸出援手。妳沒有這麼做，班上的同學也沒有！」

是啊，沒錯。我明白這種感受。

很煎熬、很痛苦，無論再怎麼掙扎，都無法靠自己的力量做到任何事情。

就像溺水的人，為了向人求助而拚命試著伸出手。

然而，沒有半個人願意伸出援手。自己的求救聲，也無法傳達給任何人。

（我也明白……）

被困在一片漆黑的世界裡，去不了任何地方。

「討厭……最討厭了。這一切要是全都消失就好了！」

加戀的吶喊和哽咽的哭聲，重重壓在亞里紗的胸口上。

「這種……黑暗又狹小的世界……我再也受不了了……我都快窒息了啊……」

「不對喔，加戀……這個世界非常寬廣，我們可以前往任何地方。」

那天，出現在電視上的那個人，讓亞里紗明白了這一點。

其實，最討厭的不是「某個人」，而是「自己」。

什麼都做不到，只能像縮頭烏龜那樣躲起來，懦弱又無力的自己。

無法跟其他人好好相處，無法融入群體，總是遭到排擠的自己。

面對討厭的事物，無法明確說出自己的感受，只能擠出笑容迎合他人，沒出息到極點的自己。

她好想把這個超級討厭的自己徹底拋開。

可是，亞里紗察覺到這麼做不行。

一味討厭的人生，是很無趣的——

單一的學校，而且又是裡頭的單一班級，並不是自己的全世界。

只要踏出一步，就會發現更加開闊的世界。

明明如此，如果把自己關在這個狹窄的世界裡，一股腦兒地討厭自己的話，就太浪費了。

就算覺得自己身處一片黑暗之中，只要抬起頭，就能發現來自上方的光亮。

（所以，不要再哭了……好嗎？加戀。加戀……）

亞里紗倚著廁所的門板抬起頭。

眼角的淚水溢出，順著臉頰往下滑。

這次，她不會再做錯了。

絕對不會。

◆ ◇ ♡ ◇ ◆

週末假期結束後，時節進入了五月。

早上踏進教室後，亞里紗以一聲「早安」向班上同學打招呼。

然而，平常至少還會出聲回應她的幾名女同學，今天卻帶著尷尬的神情走掉。

不同於平常的這股氣氛，讓亞里紗困惑地環顧整間教室。

由衣一行人在教室後方開心說笑著。

發現加戀的身影也在她們之中，讓亞里紗啞然無語。

（加戀……）

彷彿過去從未在背後說自己的壞話或是霸凌自己似的，加戀加入了這群人。

「她是怎樣啊，想改變形象？」

「她是這種人嗎？」

「幹嘛搞得這麼引人注目啊～？」

「偽善者。真的很好笑耶。」

「她以為自己很適合那個髮型嗎？有夠土的～」

「隨便啦，她開心就好嘍～」

她們刻意以亞里紗也聽得到的音量這麼開口後，一旁的加戀跟著以「就是說啊～」附和。

她們指指點點的對象一目了然。

（噢，這樣啊……加戀到「那邊」去了嗎？）

她沒有資格責備加戀。因為自己過去也是同類。

走向自己座位的同時，亞里紗感受到口中有股苦澀滋味擴散開來。

準備放下書包時，她發現桌上擱著一張小紙條。打開來之後，裡面是滿滿的中傷字眼。

亞里紗將那張紙條捏爛，拉開椅子坐下。

她有預感會變成這樣。

霸凌目標轉換，變成孤單一人……

只有自己不存在於這個世界裡。

「唉唉～……」

她仰頭發出自嘲的輕嘆。

垂下頭之後，視野開始變得模糊。

我不會哭。

這種事沒什麼好哭的。

一滴淚珠落在緊握的手上。

（又變成這樣了呢。）

不想再孤伶伶的了——她明明這麼想，升上國中後卻又重蹈覆轍。

像是將無法破關的遊戲又從頭玩一次的感覺。

不管試幾次，都只能走到壞結局。儘管每次都重新來過，卻總會走上相同的劇情路線。

（不過，算了……）

這次，她沒有迎合任何人，確實做出了自己相信是正確的選擇。

這是她順著自己內心真正的想法，而踏上的一條道路。

如果這麼做只能導向壞結局，那也無可奈何。

只能判斷這就是這場遊戲的結局了。

為了變成大人、為了成長，人們想必無法維持不曾受傷的完美狀態。

雖然什麼都沒有改變、雖然自己又變得孤伶伶的——

然而，不可思議的是，亞里紗並不會害怕。

她不討厭現在的自己。

她將眼淚和傷痛全都吞回肚裡，露出有些逞強的笑容。

低垂著頭的自己，就到今天為止吧——

◆ ◇ ♡ ◇ ◆

放學後，從敞開的教室窗戶傳來管樂社練習的樂聲。

亞里紗聽著這樣的吹奏曲，在中庭的花圃旁蹲下。

她小心翼翼地撥開鬱金香的葉片，撿起落在下頭的筆。

因為昨天下過雨，花圃裡的土壤相當濕軟，讓她沾得滿手泥巴。

而這些筆因為浸泡在泥水裡，看起來也已經無法書寫了。

「也不用扔得這樣亂七八糟的吧！」

Preparation8
～準備8～

亞里紗不禁喃喃抱怨，然後嘆氣。

今天的最後一堂課是體育課。換完衣服回到教室後，她發現自己掛在桌子旁邊的書包不見了。

她找過放置打掃用具的櫃子和垃圾桶，但都沒找到。從走廊上的窗戶望向中庭時，才發現自己的書包被扔在中庭的花圃裡。

犯人甚至將筆袋掏空，煞費苦心地把裡頭的每一支筆隨意棄置四處，所以她只能一支一支慢慢撿回來。

回想起加戀跟由衣一行人有說有笑地離開教室的模樣，亞里紗的表情變得陰鬱。

「妳怎麼了？」

聽到突然從後方傳來的人聲，亞里紗「咦？」地轉過頭。

（啊……這個女孩子，是經常跟榎本在一起的……）

將手擱在腿上望向這裡的，是一個讓亞里紗覺得面熟的女孩。

她將一頭短髮鬆垮垮地綁成兩束。

本。

「雛～我們去社團吧。」

聽到在連結不同校舍的走廊上的友人這麼呼喚，雛以「妳先過去吧！」回應。

「做這種事的人真的很過分呢。」

說著，她帶著一臉理所當然的表情在亞里紗身旁蹲下，開始幫忙撿拾其他文具和筆記本。

看到這種情況，一般人應該都會認為與自己無關，然後視若無睹吧。

她們倆不同班，也不知道彼此的名字。

（可是，她為什麼……）

「妳……不用參加社團嗎？如果顧著幫我，可能會遲到吧？」

「啊，嗯……動作得快點才行呢！」

雛朝手錶看了一眼，拍掉她撿起來的課本上頭沾附的泥沙。

她的雙手因此和亞里紗同樣沾滿泥濘。

不用管我也沒關係。

不知不覺中，亞里紗將這樣的發言默默吞了回去。

「妳是……榎本的女朋友對吧？」

聽到亞里紗有些遲疑的問句，雛先是一瞬間愣在原地。

下一刻，她以震驚不已的表情發出「咦咦咦咦！」的驚呼。

「妳說誰是誰的女朋友？」

「我說妳是榎本的……不是嗎？」

「完全不是！為什麼會變成這樣呀？」

「咦……因為你們看起來感情很好啊。」

「一點都不好！虎太朗跟我純、粹、只、是、兒時玩伴！我們只是湊巧，或說很不幸地是鄰居而已！」

雛看似很意外地鼓起腮幫子。

「為什麼我得跟虎太朗這種人……」

這麼叨唸的同時，她似乎發現了什麼而望向亞里紗。

「難道妳跟虎太朗同班？」

「嗯……沒錯。」

「該不會是虎太朗說的吧？說我……是他的……女朋友之類的……」

「他沒這麼說，只是我自己以為你們是一對。」

「這樣嗎……啊，不過，妳真的誤會了啦！虎太朗跟我完全不是那種關係！」

說著，雛還表示「大家經常拿這件事瞎起鬨，我真的覺得很困擾耶」，然後嘆了一口氣。

（啊，原來如此。是榎本在「單相思」啊……）

「這些就是全部了嗎？」

雛再次環顧四周，確認有沒有其他物品遺落在地上。

亞里紗也檢查過書包裡頭。她發現弄丟的東西，應該只有那個熊貓吊飾而已。

Preparation8
～準備8～

在更衣室弄掉的那次，明明已經重新綁好，但吊繩似乎又斷掉了。

「有沒有什麼東西不齊？」

「全都找回來了。」

亞里紗這麼回答，然後闔上書包。

雛還得參加社團活動，不好讓她繼續幫忙。接下來自己一個人找就行了。

「啊啊！對不起，我要遲到了！」

再次朝手錶瞥了一眼後，雛急急忙忙拎起自己擱在地上的運動包。

「等……等一下！」

亞里紗像是出自反射般喚住準備離去的雛。

雛「咦？」地轉過頭來。

「我……我能問……妳的名字嗎？」

帶著遲疑這麼開口後，雛先是圓瞪雙眼，接著露出笑容。

「我是瀨戶口，瀨戶口雛。妳呢？」

「高見澤……亞里紗。」

「再見嘍，高見澤同學。」

朝亞里紗揮揮手之後，雛便朝社團教室大樓跑去。

瀨戶口——雛。

為了不忘記這個名字，亞里紗在內心重複了一次。

在雛的身影消失後，亞里紗將視線移向萬里無雲的晴空。

（她跟榎本一樣，是個溫柔的人呢。）

燦爛的陽光，讓她不得不用手遮在額頭上。

當初，如果她能像雛那樣主動詢問「妳怎麼了？」的話。

如果能從一開始就伸出援手的話。

如果能這麼溫柔的話——

Preparation8
～準備8～

（我們……或許就不會是現在這樣了吧？）

◆◇♡◇◆

在放學後經過中庭時，發現亞里紗身影的健停下腳步。

她蹲在花圃旁，撿拾著自己的文具和筆記本。雙唇像是強忍著某種情緒般緊抿成一條線。

就算不過去詢問，他也看得出這是什麼狀況。

（果然會變成這樣啊……）

健這麼想著，將自己的視線稍微移開。

他和她不同班，也不曾說過話。

亞里紗想必也對他這個人一無所知吧。

要是現在上前搭話，會不會讓她嚇一跳？

或是讓她提高戒心？

該怎麼開口才對？

妳在幹嘛？

我來幫忙吧？

那個啊，我是虎太朗的朋友——

健轉身面向亞里紗，往前踏出了一步。

發現從連接不同校舍的走廊上朝亞里紗走去的雛後，他停下腳步。

雛上前朝亞里紗搭話，然後開始幫她撿拾散落一地的私人物品。

失去主動搭話的理由後，健吐出一口氣。轉身就這麼準備朝學校後門走去時，發現一個熊貓吊飾落在腳邊。他蹲下身子。

（這是她的東西吧……）

他曾在亞里紗的書包上看過這隻熊貓。

Preparation8
～準備8～

健轉頭，發現亞里紗正在和雛聊天。

「我到底在幹嘛啊……」

他苦笑著這麼喃喃自語，將熊貓吊飾緊緊握在手中。

健繞回操場，看到足球社和棒球社的社員正忙著練習。

在慢跑熱身的國一學生裡頭，可以看到虎太朗的身影。

不同於平常在一起嬉鬧時的模樣，虎太朗現在露出了相當認真的表情。覺得這種變化很有趣的健，忍不住嘴角上揚。

「喂～虎太朗！」

出聲呼喚後，健看到虎太朗朝他瞄了一眼。

要是在練習時擅自脫隊，恐怕會被學長盯上，所以虎太朗似乎決定裝作沒聽到。

「虎太朗～榎本～虎太同學～小虎～！」

「吵死了！你要幹嘛啦！」

板著臉孔的虎太朗終於朝這邊跑來。

健輕笑一聲，將手中的熊貓吊飾扔給他。

「咦！這……這是什麼啊？」

反射性地接下吊飾後，虎太朗露出滿臉疑惑。

「是那個叫高見澤的女孩子的東西。你幫我交給她吧。」

「高見澤？為什麼啊，你自己交給她不就好了？」

「那就拜託你嘍～小虎～」

「不要這樣叫我啦！」

健笑著朝虎太朗揮揮手。

接著，他將手插進口袋，聽著來自身後的社員們精神奕奕的加油聲，然後踏出腳步。

◆　◇　♡　◇　◆

Preparation8
～準備8～

五月即將邁入尾聲時，亞里紗多數時間仍是孤伶伶一人。

她結束學生委員會的工作返回教室時，裡頭只剩下虎太朗一個人。

「榎本……？」

聽到她的聲音，虎太朗像是觸電般回頭，手上還拿著一條抹布。

「高見澤！妳不是回去了嗎？」

說著，他慌慌張張地將自己的身體擋在亞里紗的桌子前方。

亞里紗朝他走近。看到自己的桌子時，她瞬間說不出半句話。

被人寫滿中傷字眼的桌面——

以及刻意灑在上頭的大量橡皮擦屑。

「這是……」

「話說在前頭，這可不是我做的喔！我只是……」

「我知道啦！」

你打算幫我擦掉這些吧。而且是趁我還沒看到的時候，偷偷這麼做。

至今，一定都是如此。

在亞里紗不曾察覺的狀態下，虎太朗暗中幫了她很多忙。

就像今天這樣，一直……一直都是。

亞里紗以手背按住眼角，阻擋不自覺溢出的淚水。

「咦！喂，妳別哭啊！這種事情沒什麼大不了啦。」

虎太朗連忙在自己身上翻找手帕，但最後或許沒找到吧，只能帶著一臉傷腦筋的表情杵在原地。

不對。她並不是覺得難受，也沒有感到悲傷。

亞里紗並不在意寫在桌上的那些中傷字眼。

Preparation8
～準備８～

她一直以為自己是孤單一人。

她總有種自己在孤軍奮戰的感覺。

不過，其實並非如此。

（我不是孤單一人呢……）

有人確實聽到了她的聲音。

確實告訴她「傳達過來了」。

這件事讓她覺得好開心、好溫暖，只是一股勁兒地想要流淚。

做什麼都不順利、老是不停失敗、傷害了某些人、又被某些人傷害。

唉，無所謂了……最後，亞里紗這麼想著，然後放棄。

不過，她果然還是想要相信某人。

「抱歉喔……榎本。」

亞里紗以手拭去淚水，抬起頭來這麼說。嗓音中微微透出的鼻音，讓她有點難為情。

「沒啦……是柴健要我多關照妳的。」

虎太朗以手扠腰，粗魯地這麼回應。

「柴健？」

「噢，呃……他是其他班級的男生。跟我……算是朋友吧。」

說到這裡，虎太朗像是想起什麼似的將手探進口袋裡翻找。

「對了，這個是妳掉的東西吧？」

虎太朗遞給亞里紗的，是她那天弄丟的熊貓吊飾。

在雛離開後，亞里紗又自己找了好一陣子，但都遍尋不著，最後放棄的東西。

「真虧你知道這是我的耶。」

「啊，嗯……有很多原因啦。總之，還給妳嘍。」

亞里紗總覺得，每當自己弄丟這個吊飾，吊飾都會在冥冥之中幫她串起和某個人之間的關係。

Preparation8
～準備8～

然而，她卻總是犯錯，然後失敗——

這次，為了不再失去一段關係，她想好好珍惜。

亞里紗以雙手包覆住那個吊飾。

「……妳沒事吧？」

聽到虎太朗有些顧慮地這麼問，亞里紗以「嗯」點頭回應。接著，她從正面筆直望向虎太朗。

「如果你遇到困難，我也一定會幫助你！」

在心中確實做出的小小決定——

「妳在說什麼啊……」

面對露出困擾笑容的虎太朗，亞里紗朝他伸出手。

「友情的證據！」

「真搞不懂妳耶，不過……」

雖然嘴上這麼說，虎太朗仍確實回握了她的手。

「啊！我先把話說清楚……我沒有其他意思喔。你不要誤會了。」

「喔……喔！」

在這段不太自然的對話後，兩個人一起笑出聲來。

之後，亞里紗和虎太朗一起擦拭桌面的字跡。

因為很難擦乾淨，虎太朗焦躁地發出「可惡！」的罵聲。

看著這樣的他的側臉，亞里紗不禁瞇起雙眼微笑。

「榎本，那個啊……」

「幹嘛啦？」

「謝謝你……」

因為這句不習慣的發言而害羞的亞里紗，以橡皮擦用力地擦去桌面上的字跡。

Preparation8

～準備 8～

她是怎樣啊，
想改變形象？
她是這種人嗎？
幹嘛搞得這麼

Preparation9
～準備9～
偽善者。真的很好笑耶。
有夠土的～
隨便啦，她開心就好嘍～

◇◆Preparation9♡～準備9～◆◇

「如果你遇到困難，我也一定會幫助你！」

受到同班同學榎本虎太朗諸多幫助後，在五月下旬順勢做出這種「友情宣言」的高見澤亞里紗。

進入六月後，她跟班上同學相處的狀況仍沒有出現任何改變。

其他同學經常無視她，或是在背地裡說她的壞話。

不過，比起過去，亞里紗現在已經不太在意這種事了。這想必是託虎太朗的福吧。

班上有一個站在自己這邊的同伴。就算只有一個，也足以讓人安心。

所以，亞里紗也希望自己能成為支援虎太朗的同伴。

知恩圖報是做人的基本道理——祖父時常將這種話掛在嘴上。

她想幫上虎太朗的忙。

儘管每天都懷著這樣的想法，但遺憾的是，亞里紗幾乎不曾發現虎太朗遇到困擾的狀況。

不同於亞里紗，虎太朗跟同班同學相處得很融洽，朋友也很多。

他還交到了不同班級的朋友，時常一群人聚在一起開心談天。

而且，自己份內的事，虎太朗總會自己速速解決。

輪到他倒垃圾的時候，就算亞里紗試圖幫忙，虎太朗也總會一下子就完成工作。

當值日生時，虎太朗身邊的朋友也會協助他，所以完全輪不到亞里紗上場。

（咕……都沒有破綻！）

亞里紗完全沒料到，想要報答某個人的恩情竟會如此困難。

關於她能夠做到的事，頂多是在輪到自己分配營養午餐時，如果菜色中出現虎太朗最愛的拉麵，就多盛一點給他而已。這根本算不上報恩。

既然要報恩——

「高見澤，妳真的救了我一命耶！」

亞里紗想做點什麼足以讓虎太朗說出這種話的事。

因為，虎太朗為她做的，就是同等程度的事情。這麼說絕對不誇張。

這天放學後，走出校舍的亞里紗看到虎太朗杵在自動販賣機前方。

他從褲子口袋掏出零錢，似乎在思考什麼。

（這或許是我的好機會也說不定！）

亞里紗雙眼一亮。她大聲呼喚「榎本～！」並朝虎太朗揮手並跑去。

「高見澤！」

「你該不會是零錢不夠吧？」

她從下方仰望虎太朗，有些滿意地這麼笑問。後者「嗚！」了一聲，上半身微微往後仰。

「妳幹嘛這麼開心啊？」

（被我說中了！）

「那你差多少錢？嗳嗳，差多少錢嘛？」

「十……十圓。」

虎太朗移開視線，這麼輕聲回答。

「真沒辦法，那就由我……」

亞里紗強忍著臉上的笑意，將手探進自己的口袋。

然而——

「……？」

「……？」

她先是愣愣地和虎太朗對看，接著又伸手翻找另一側的口袋。

「找不到……」

「咦！妳把錢弄丟了喔？」

虎太朗有些慌張地問道。

「我把錢包忘在家裡了……」

想起這樣的事實後，亞里紗不禁脫力地垂下頭。

偏偏在這種關頭……

虎太朗噗哧一聲噴笑出來。

「高見澤，妳意外少一根筋耶～」

「少了十圓的你才沒資格這樣說我！」

「真沒辦法～……」

或許是放棄了吧，虎太朗將手中的零錢塞回口袋裡。

「你不是口渴嗎？」

「公園應該會有飲水台吧。」

看著快步離去的虎太朗的背影，亞里紗像是想起什麼似的「啊！」了一聲。

「來這邊！」

「喂……喂，妳幹嘛啦！」

亞里紗以「總之跟我來就對了」回應，硬是拖著虎太朗向前跑。

平交道的柵欄放下，一輛電車疾駛而過。

待柵欄揚起，亞里紗揪著虎太朗的手跨越平交道。

前方有一台老舊的自動販賣機。

「就是這裡！這台自動販賣機的飲料都只要一百圓喔。」

亞里紗指著自動販賣機，帶著燦爛笑容轉頭這麼對虎太朗說。

「喔喔！真的假的？」虎太朗語氣聽起來也很開心。

「真虧妳知道這種事耶，高見澤～」

「還、還好啦～……」

其實，亞里紗之前也遇過想買飲料，卻因少了十圓而陷入困窘的狀況。為了尋覓比較便宜的自動販賣機，她四處閒逛，最後發現了眼前這台。

虎太朗隨即將百圓硬幣投入，然後按下汽水的按鈕。罐裝汽水「咚」一聲落下後，販賣機突然開始播放一段聽起來很吵鬧的音樂。

「喔！好耶，中獎了！」

虎太朗又按了一次汽水的按鈕，再蹲下身子取出第二罐汽水。現在，像這種有抽獎機制的自動販賣機，已經很難在街頭看到了。或許因為是舊型的機台，售價才會是比較便宜的一百圓吧。

「給妳。」

虎太朗將其中一罐汽水扔給亞里紗。

後者嚇了一跳，但仍伸出雙手確實接住。罐裝汽水冰涼的觸感從掌心傳來。

「……可以嗎？」

「我一個人怎麼喝得下兩罐汽水啊。」

這麼表示後，虎太朗拉開汽水罐的拉環，露出笑容再次開口。

「而且，發現這台自動販賣機的人是妳啊。」

「謝……謝謝……」

亞里紗輕聲回應，也跟著拉開手上汽水罐的拉環。

看著虎太朗仰頭暢飲汽水的模樣，她不禁嘴角上揚。

（我明明是想報答他……）

好像每次都是如此。總是對方反過來做出讓自己開心的行為。

她喝下一口冰涼的汽水，感受氣泡在口中陸續迸開。

兩人移動到附近的公園後，亞里紗在設置於某個角落的長椅坐下。

虎太朗將喝光的空罐輕輕拋了出去。

汽水罐在半空中旋轉幾圈後，精準地落入位於遠處的空罐回收桶裡。

「喔，丟進去了。我搞不好也能打棒球喔！」

虎太朗開心地笑著這麼說。

亞里紗以雙手捧著自己的空罐，俐落地從長椅上起身。

「榎本！」

「幹嘛啊？」

「我……問你喔……你有沒有遇到什麼……困擾的事？」

「困擾的事？」

虎太朗歪過頭思考半晌，然後簡潔有力地回答「沒有啊」。

「這樣我會很困擾耶！」

Preparation9
～準備9～

「為什麼是妳會困擾啊？」

看到虎太朗露出一臉莫名的表情，亞里紗不禁在內心焦急想著：「唉！真是的！」

「我也有很多自己的苦衷呢。總之，什麼都可以，你有沒有想找我商量的事情？例如跟家人之間的煩惱、跟朋友相處時遇到的困難，或是被社團學長霸凌之類的。每個人多少都會有這些方面的嚴肅問題吧！」

「就算妳這麼說……我也想不出來啊。真要說的話，大概就是零用錢很少這點吧？」

「零用錢嗎……」

這種事情，亞里紗就愛莫能助了。

零用錢不夠用，大概是全日本的國中生共通的煩惱吧。

「……你要不要我們神社能提昇財運的護身符？」

亞里紗唯一能想到的提議，被虎太朗一臉認真地以「我才不需要」回絕。

「是說，妳怎麼啦，高見澤？妳今天有點奇怪耶。」

虎太郎拎起放在長椅上的書包重新揹在肩上，接著便朝公園出口走去。

將剩餘的汽水一口氣喝光後，亞里紗「嘿！」地將空罐扔向回收桶。

然而，空罐沒落進桶子裡，而是咚一聲掉在沙坑上。

（果然沒辦法像榎本那樣啊……）

她匆匆趕過去撿起空罐，確實丟進回收桶裡，然後追上虎太朗的腳步。

虎太朗正在公園外的斑馬線後頭等紅綠燈。

亞里紗追上去的時候，行人專用的號誌剛好轉綠，兩人便並肩踏出腳步。

「噯～噯～榎本～」

「妳到底要幹嘛啦？」

「我想當你商量心事的對象呀。」

「就說我目前沒有想找別人商量的事了嘛。啊！現在有一個。」

「咦！什麼，是什麼？」

亞里紗跑到虎太朗前方，對著他倒退著走路，一雙眼睛興奮得閃閃發光。

Preparation9
～準備9～

「高見澤一直纏著我，逼我說出煩惱，這就是我現在遇到的問題。」

這麼說之後，虎太朗將交握的雙手抵著後腦杓，然後露齒燦笑。

「還不是因為你一直不肯說……」

「我才想問妳有沒有遇到什麼困擾咧。」

「……咦？」

「就是班上那些女生……」

虎太朗的音量變小，感覺似乎欲言又止。

（原來他有注意到啊……）

亞里紗淺淺一笑。

「那種事……沒關係啦。」

「關係可大了吧。」

「沒關係。」

因為，她已經在內心將其劃分成「這是無可奈何的事情」了。

「現在已經不會有人在我的桌上亂寫，也沒人會把我的鞋子藏起來了。」

現在，那些同學雖然依舊無視亞里紗，但不會再直接找她麻煩。所以，待在這個班上的時候，已經不像以前那麼痛苦。

「從小學開始，我就習慣獨來獨往了。」

「不要習慣這種事啦。」

聽到虎太朗沒好氣地這麼說，亞里紗不禁笑出來。

「我的事真的無所謂啦。比起這個，你的事情才是重點！」

「妳為什麼就這麼想知道我的煩惱啦？啊！難道妳打算掌握我的把柄之類的？」

「才不是呢，你很失禮耶。」

「那不然是為什麼？」

「我只是……」

亞里紗踩上路緣石，順著它往前走。

「不喜歡一直欠別人人情而已。」

「妳哪有欠我什麼人情啊。」

虎太朗從旁超越了她。亞里紗凝視著這樣的他的背影。

「就是有啊……」

她輕聲這麼說。

不知道該怎麼還才好的一份大人情——

亞里紗按著在風中搖曳的髮絲，稍稍垂下眼簾。

◆◇♡◇◆

午休時間，準備前往教職員辦公室的亞里紗，在看到虎太朗的身影後停下腳步。

看起來心浮氣躁的他，在階梯陰影處一下席地而坐一下起身，不停窺探著走廊上的情況。

雖然本人應該是想躲起來，但動作看起來太可疑了，反而格外引人注目。

亞里紗望向走廊，發現雛正站在那裡和朋友開心談笑。

（噢，原來如此啊……）

亞里紗從後方悄悄靠近虎太朗，一把將他握在手中的票券抽走。

「啊，妳幹嘛啦！」

忍不住這麼大喊的虎太朗，在雛轉身過來的同時，迅速躲到階梯暗處蹲下。

亞里紗也跟著在一旁蹲低身子。

「還給我啦！」

虎太朗壓低音量，伸出手企圖搶回票券。

亞里紗輕易閃過他的動作，並朝票券瞄了一眼。

「哦～……足球比賽的門票啊～」

「幹嘛啦，有什麼關係啊。」

「不行。重新來過。」

說著，亞里紗將票券抵在虎太朗的胸口上還給他。

「啥？為什麼啊！」

「瀨戶口同學喜歡足球嗎？」

「咦……呃……我不知道她喜不喜歡。可是，優也有在踢足球，所以她應該不討厭才對！」

「她喜歡哪支球隊？哪個球員？瀨戶口同學有說她想去看足球比賽嗎？」

被亞里紗用手指著鼻尖這麼逼問，虎太朗「嗚」了一聲，無力做出任何回答。

「喜歡足球的人是你才對吧，榎本？」

「雛一定會樂意去看球賽的啦！」

「你就是這樣才會……」

說著，亞里紗無奈地搖搖頭。

「幹嘛啦，又無所謂。再說，這跟妳也無關吧？」

「既然這樣，你就趕快把票拿給瀨戶口同學啊。我覺得你一定會被拒絕就是了。」

虎太朗將反駁的話語吞回肚裡，有些猶豫地望向手中的票券。

「怎麼啦？不去約她嗎？瀨戶口同學要走掉嘍？」

亞里紗朝走廊上望了一眼，發現雛正準備和朋友結伴走回教室。

「不然妳要我怎麼做啊！」

聽到虎太朗有些惱羞成怒的嗓音，亞里紗將視線移回他身上，露出略為奸詐的笑容。

「用小黃瓜當釣餌，可沒辦法釣到鯛魚呢！」

「我……聽不懂妳在說什麼耶……」

虎太朗和亞里紗蹲在階梯暗處，面對面悄聲交談著。

「我是說，要準備蝦子，鯛魚才會上鉤啦！」

「『用蝦子釣鯛魚』（註：比喻一本萬利）這句俗諺，應該不是這種意思才對吧？」

「不要在意這種細節啦。總之，你得準備會讓瀨戶口同學會心花怒放地撲上來的東西才行。既然你們是兒時玩伴，多少知道她喜歡什麼吧？」

（真是的，讓旁人看得很著急耶。）

明明保有「兒時玩伴」這種絕對優勢，卻從未順利射門得分。看著眼前這個不得要領的球員，亞里紗有種皇帝不急急死太監的感覺。

「電玩遊戲跟……吃的東西？」

「應該還有其他的吧？例如遊樂園啦、水族館啦、電影院之類的！」

「我哪有辦法約她去這些地方啊！」

「為什麼不行？」

「這樣……很像在……約會啊……」

變得滿臉通紅的虎太朗別過臉去，以很難聽清楚的音量囁嚅回答。

「你在說什麼啊。你不就是打算跟她約會嗎？」

「哪是啊！我為什麼要跟她約會啦。我只是想說可以打發時間……」

「你要是再這種態度，瀨戶口同學就會被突然冒出來的某個王子殿下給擄走嘍～」

「那種人哪會這麼輕易就出現啊。」

「你為什麼能這麼斷言？」

「雛理想中的男人形象，可是像優那樣子的呢。要是那種人到處都是，那還得了啊。」

說著，虎太朗起身，將票券塞進褲子口袋裡，接著便轉身離開。

亞里紗想起來了——這麼說來，雛似乎有個比她大兩歲的哥哥。有著帥氣外型的他，也曾是班上女孩子的討論話題。印象中，他的全名應該就是瀨戶口優。

「……瀨戶口同學有戀兄情結嗎？」

聽到上課鐘聲響起，亞里紗也急忙趕回自己的教室。

◆◇♡◇◆

這天早上，踏入自己的教室後，亞里紗罕見地發現了雛的身影。

「等等，你該不會把我的字典弄丟了吧？要是今天上課時沒辦法用，我會很傷腦筋

耶！」

「我沒有弄丟啦！」

這麼回應後，虎太朗焦躁地把抽屜裡的東西全都挖出來。

「真受不了你耶……」

虎太朗在努力翻找字典的這段期間，雛將手靠在窗台上，看著外頭的景色發呆。

現在時間剛過八點，學生們陸陸續續走向校舍出入口。

或許是在這些身影中看到認識的人了吧，雛做出輕輕低頭致意的動作。

拿著字典轉過身的虎太朗，好奇地「嗯？」了一聲，然後來到雛身旁。

「妳看到誰了嗎？」

「沒……沒有啊～」

雛含糊帶過，移開原本望著外頭的視線。

「那傢伙好像叫做綾瀨戀雪……」

「你認識他喔，虎太朗？」

「好像是會跟夏樹聊漫畫的朋友？我也搞不太清楚就是了。」

「哦～……啊，他跌倒了。」

雛輕輕笑出來。

在這兩人附近聽著他們對話的亞里紗，不自覺地一同望向窗外。

被自己的另一隻腳絆倒，並因此相當難為情的，是就讀國三的某個學長。

眺望著他的身影的雛，臉上浮現似乎很開心的笑容。

「那我就把字典拿回去嘍。」

「啊！喂，雛！」

從虎太朗手上拿走字典後，看似心情很不錯的雛走出教室。

而看著她離開的虎太朗，臉上明顯透露出焦躁。

（哦……）

亞里紗朝虎太朗走近，以「嗳嗳，榎本」開口呼喚。

「……幹嘛啦？」

「瀨戶口同學是不是喜歡那個叫綾瀨的人啊？」

這麼詢問後，虎太朗以提高音量的「啥～？」回應。

「她哪可能喜歡那種看起來像女人的傢伙啊！」

「哦～但感覺不像啊……」

「我不知道啦！」

以微惱的語氣這麼說之後，虎太朗將雙手插進褲子口袋裡，從自己的座位旁離開。

「哦～」

雛凝視著戀雪的那雙眸子，已經完全是「戀愛中的少女」的感覺了。

不過，她本人似乎尚未察覺到這一點。

（既然這樣……）

亞里紗以食指抵住自己的唇瓣，嘴角緩緩上揚。

這天放學後，亞里紗動身前往中庭。

◆◇♡◇◆

綾瀨戀雪，目前國三——

是個處女座A型的男孩子。

完全沒有運動神經，但學業成績總是維持在學年前幾名。

個性比較懦弱，之前曾有同年級的同學找他麻煩。

偶爾甚至會有低年級的學弟妹纏著他找碴。

擔任環境美化委員的他，沒有參加社團，時常為了打掃校園和照料花圃而忙碌奔走。

也時常會一個人窩在圖書館裡頭。

亞里紗躲在校舍的陰影處，確認自己寫在學生手冊的備忘錄裡頭的內容。

這是她今天一整天，去向國三學長姊們打聽來的綾瀨戀雪「生態報告」。

她看見身穿運動服的戀雪來到中庭。

在放學後的這個時間，他似乎都會過來照料花圃。

戀雪獨自在花圃前蹲下，然後開始拔草。

（話說回來……）

這樣的他，不管怎麼看都相當不起眼。

實在過於不起眼，光是在一旁看著，甚至就讓人有種不耐煩的感覺。

土氣的眼鏡、毛躁厚重的髮型、有些駝背的姿勢、走路時也習慣看著地上。

感覺不太可靠。

「……瀨戶口同學的眼光也太奇特了吧。」

老實說，亞里紗實在無法明白雛是為戀雪的什麼地方所吸引。

還是說，他有什麼外在看不出來、不為人知的魅力呢？

（我完全不這麼覺得耶……）

「對手是他的話，就算是榎本，應該也很有勝算才對啊。」

亞里紗「啪」一聲闔上學生手冊，將其塞進制服裙子的口袋裡。

◆◇♡◇◆

隔天放學後，亞里紗倚著校舍出入口的鞋箱，等待虎太朗出現。

後者在走下樓梯後和朋友道別，然後一個人朝這裡走過來。

大概是要去參加社團活動吧，他肩上揹著一個很大的運動包。

「高見澤……」

「我都已經給你忠告了耶。」

「妳在說什麼啊？」

虎太朗從鞋箱裡取出鞋子套上，蹲低身子重新將鞋帶繫好。

「瀨戶口同學的事啊。要是你再這麼漫不經心的，她就會被別人擄走嘍。」

「高見澤……這跟妳沒關係吧？」

「要我協助你嗎？」

「不需要～」

虎太朗起身，以有些不悅的嗓音這麼回答。

「瀨戶口同學會被那個人搶走喔。」

「才不會！」

「你怎麼知道呢！」

聽到虎太朗提高音量，亞里紗的語氣也不自覺變得尖銳。

接著，虎太朗轉身，筆直地望向亞里紗。

「這是必須自己想辦法的事情。要是藉助別人的力量，就沒有意義啦。」

「你……你這麼說的話，我可不管你了喔！」

虎太朗離開後，校舍出入口的玻璃門緩緩關上。

（耍什麼帥啊……）

對方明明都不把你放在眼裡耶。

仗著自己是兒時玩伴而鬆懈下來的話，可會被他人搶先一步，最後只有哭泣的份。

到時才後悔的話，一切就太晚了——

◆ ◇ ♡ ◇ ◆

早上，在前往校舍的路上，亞里紗瞥見了無精打采地走著的戀雪。

跟朋友一起來上學的雛也發現了這樣的他。

儘管發現了，卻猶豫著是否該出聲向他打招呼。

結果，是戀雪先開口呼喚了「瀨戶口學妹」。

「早……」

「戀雪學長——！」

Preparation9
～準備9～

亞里紗的高聲吶喊，打斷了戀雪的問候。

她帶著滿面笑容朝吃驚的戀雪跑過去。

「早安，戀雪學長。」

「呃……妳是誰呢？」

「真是的～討厭啦～我是國一的高見澤亞里紗啊～我們都是環境美化委員的一分子呢！」

「咦！啊，是這樣嗎？」

「對呀！」

笑瞇瞇地這麼回答後，亞里紗轉身，發現雛張大嘴巴愣在原地。

亞里紗「呵」地輕笑一聲，又將視線拉回戀雪身上。

「戀雪學長，你的制服鈕釦快要脫落了喔。」

「咦！真的耶，是什麼時候脫線的呢？」

「哎唷～粗心大意的。拜託你振作一點嘍。」

（真的神經大條到讓人脫力耶……）

亞里紗這麼想著，然後「啊哈哈」地笑了幾聲。

戀雪則是苦笑著以手指搔了搔臉頰。

她跟這樣的戀雪並肩走入了校舍。

◆◇♡◇◆

從這天開始，無論是午休時間，或是打掃時間——

每當戀雪跟雛就要在走廊或階梯上巧遇時，高喊著「戀雪學長～！」或是「小雪～！」的亞里紗，總會搶先一步衝過來擋在兩人之間。

無視雛一副快要火山爆發的模樣，亞里紗露出壞心的笑容，硬是把戀雪拖走。

而這樣的作戰，對雛來說效果十足。

「高見澤同學！」

放學後，在校舍出入口換穿鞋子的亞里紗被人這麼叫住。

雛雙手扠腰，看起來一副要找人吵架的模樣。

（我就知道她差不多要找上我了……）

亞里紗將室內鞋收進鞋箱裡，再將鞋箱的門關上，然後轉身望向雛所在的方向。

「什麼事？」

「妳到底想做什麼？」

「我完全不懂妳在說什麼耶。」

「就是戀雪學長的事啊！」

「噢，妳說小雪啊。」

亞里紗刻意道出這種親暱的稱呼後，雛露出橫眉豎目的表情，嘴唇也不停顫抖。

「因為妳突然變得會跟他搭話，又用很親暱的綽號叫他啊！」

「我跟戀雪學長攀談，會對妳造成什麼不便嗎，瀨戶口同學？」

Preparation9

～準備9～

「我……」

雛握緊雙拳，像是不知該如何回答般移開視線。

亞里紗從一旁探頭觀察她的表情。

「我要怎麼稱呼學長，應該都跟妳沒有關係才對吧？」

「因為，妳每次都好像故意在我要跟他說話的時候，從一旁出聲阻撓……」

「妳就這麼想跟戀雪學長說話啊？」

「不是啦！我不是這個意思……」

「難道妳喜歡他？」

看到亞里紗帶著壞心眼的笑容這麼問，雛屏息沉默下來。

她的一張臉愈變愈紅。

「才……不是……這樣…………」

她的聲音小到像蚊子叫，完全沒了剛開始那時的氣勢。

雙眼也透露出不知所措的動搖。

「這樣的話，就算我跟戀雪學長搭話，應該也無所謂吧？」

語畢，亞里紗快速走出校舍出入口。

仍佇立在原地的雛，沒有再次開口說些什麼。

走在路上，亞里紗的嘴角滲出苦笑。

這樣一來，自己或許也會被雛討厭吧。

「不過……這也是沒辦法的呢。」

她垂下頭這麼輕聲說道。

◆ ◇ ♡ ◇ ◆

來到中庭後，她發現戀雪今天仍是獨自一人在照顧花圃。

原本站在遠處眺望他的身影的亞里紗，抿起嘴唇踏出步伐。

「戀雪學長。」

露出笑容這麼呼喚後，嚇了一大跳的戀雪「哇！」地吶喊出聲。

因為身體有些失去平衡，他的雙手一把撐在花圃的土壤上。

「高……高見澤學妹……妳總是出現得很突然呢。」

這麼說之後，戀雪拍去沾附在雙手和制服上的泥沙。

「你總是一個人負責拔除雜草的工作嗎？」

「嗯，是的……因為沒有其他人要做。啊，但我覺得拔草還挺有趣的喔。」

說著，戀雪露出有些傻氣的笑容。他將被拔除的雜草集中堆放在自己的腳邊。

「……一個人拔的話，不管多久都拔不完的。」

亞里紗在戀雪身旁蹲下。

「謝謝妳。高見澤學妹，妳好親切喔。」

聽到戀雪以溫和的語氣這麼說，亞里紗反而覺得有些尷尬。

「戀雪學長，你是個濫好人呢……」

「是嗎？」

戀雪微微歪過頭。他的表情看起來似乎莫名開心。

「發生什麼事了嗎？」

聽到戀雪這麼問，原本專注於拔草的亞里紗不禁抬起頭來。

「總覺得妳今天好像沒什麼精神呢。」

望著亞里紗的戀雪，臉上帶著溫柔的微笑。

「沒發生什麼事呀。」

感覺內心彷彿被戀雪看穿，亞里紗再次將視線移回手邊。

「這樣啊。」

「就是這樣。我也不是一直都這麼聒噪……」

說到這裡，亞里紗一度沉默，接著輕輕嘆了一口氣。

「……我果然造成你的困擾了吧？」

「沒有這回事。我只是很好奇妳為什麼會和我搭話。我想，或許是有什麼原因吧？」

（什麼啊，他都明白嘛……）

或許，戀雪這個人，並不如他的外表那麼傻里傻氣。

「戀雪學長……你是怎麼跟瀨戶口同學認識的呢？」

「呃……有一次，我不小心在打掃時間踢翻了垃圾桶……結果就惹瀨戶口學妹生氣了。」

說著，戀雪的臉微微泛紅，還刻意輕咳了幾聲。

「感覺你很笨手笨腳呢……」

聽到這樣的感想，戀雪以手輕撫後腦杓，「哈哈！」地笑出聲來，看起來一派悠哉。

原本黏在他手上的雜草，也因此轉移到頭上去了。

（瀨戶口同學的眼光……果然很奇怪。）

不過，亞里紗覺得自己似乎比以前更能理解雛的感受了。

「學長，你覺得瀨戶口同學怎麼樣？」

「妳說瀨戶口學妹嗎？」

戀雪停下手邊的動作，微微偏過頭思考。

隨後，不經意地望向亞里紗手邊的他，突然焦急地發出「高見澤學妹！」的驚呼。

「咦？」

亞里紗握著自己剛拔起來的一撮雜草望向他。

「這不是雜草，是花……不好意思，我太晚說出來了。」

聽到戀雪一臉愧疚地這麼表示，亞里紗不禁「啊！」地喊了一聲。

仔細一看，這撮雜草的前端生著幾朵紫色的小花。

亞里紗連忙重新埋回土裡，但花莖已變得軟趴趴的。

亞里紗和戀雪先是面面相覷，接著一起露出苦笑。

「給它澆點水，然後再觀察情況好了。說不定又會重新活過來呢。我去拿水壺來。」

「我也一起去！」

Preparation9
～準備9～

看到戀雪將手撐在膝蓋上起身，亞里紗也連忙跟著站起來。

兩人一邊閒聊一邊走向倉庫的路上，戀雪突然沉默下來。

「戀雪學……」

跟著停下腳步的亞里紗，循著戀雪的視線望去。

一名綁著包包頭的國三學姊從校舍出入口走了出來。

「啊！榎……」

想喚住對方的戀雪往前踏出一步。然而，看到從她後方現身的另一名男學生後，戀雪縮回打算伸出的手。

原本變得開朗的表情，也馬上蒙上一層陰鬱。

那兩人沒有發現戀雪，一邊開心談笑，一邊朝學校大門走去。

目送他們離去的戀雪，有些落寞地垂下眼簾。

（那好像是榎本的姊姊……對吧？）

她曾經看過對方跟虎太朗在一起的光景。印象中，她的名字好像是夏樹。

跟夏樹在一起的，就是雛的哥哥瀨戶口優了吧。在這間學校裡，他是個以帥氣外型聞名的學長。

聽說虎太朗跟雛是住家相鄰的鄰居，同時也是兒時玩伴。那麼，這兩人應該也是如此吧。

亞里紗有些遲疑地望向站在身旁的戀雪的表情。

或許是察覺到她的視線了吧，戀雪回以微笑。那看起來是個用來隱藏感情的笑容。

（什麼啊……原來戀雪學長也有喜歡的人嘛。）

然而，這同樣是「單戀」。

光看就知道了。那兩人之間，根本沒有足以讓他人介入的空隙。

他們散發出來的，就是這樣的感覺……

亞里紗默默將視線從戀雪身上移開。

戀雪想必也很清楚這樣的事實吧——

◆◇◇◆

亞里紗從空無一人的安靜走廊上返回教室後，發現裡頭只剩虎太朗還在。

「啊，高見澤！」

虎太朗氣沖沖地朝亞里紗走近，以單手重重拍了桌面一下。

「妳跟雛說了什麼對吧！」

「我？我說了什麼？」

「我知道妳最近一直纏著那個叫綾瀨的傢伙喔。因為這樣，雛每天都對我凶巴巴的！」

「瀨戶口同學原本就一直對你很凶吧？」

真要說的話，在虎太朗面前露出滿面笑容的雛，反而罕見到不行。

「唉，是這樣沒錯……呃，不對啦！她暴躁的程度是平常的三倍耶！」

「就算跟我抱怨這些也沒用啊。」

淡淡地這麼回答後，亞里紗闔上書包，朝教室大門走去。

虎太朗也揪起自己的書包追上來。

「妳可別再做多餘的事嘍！」

來到走廊上後，虎太朗走到亞里紗的身邊，瞪著她這麼表示。

亞里紗重重嘆了一口氣，然後重新望向虎太朗。

「我會照自己想做的方式去做。我才要叫你別妨礙我呢！」

明確地這麼表示後，她輕輕揮開垂在肩上的髮絲，往前踏出腳步。

「喂，高見澤！」

（抱歉，榎本……但我已經決定要站在你這邊了。）

Preparation9
～準備9～

Preparation10
~準備10~

◇◆Preparation 10♡～準備10～◆◇

舉辦球類運動會的這天，從國一到國三的學生都會換上運動服，在體育館裡或操場上參加比賽。

學校規定，沒輪到自己上場時，學生們必須待在操場旁的草皮上，或是體育館的觀眾席上，觀看其他人比賽。不過，因為沒有人監視，所以大家都會隨意在校園裡閒晃。

在國三生的比賽結束後，亞里紗匆匆趕到體育館後方。

她一心尋找的目標，正在外頭的洗手台旁洗臉。

（很好，附近沒有其他礙事者！）

確認周遭沒有其他學生的身影後，為了避免被對方發現，亞里紗躡手躡腳地靠近。

目標抬起頭來，發現原本放在洗手台旁的毛巾不見之後，疑惑地「咦？」了一聲，然後環顧四周。

Preparation10
～準備10～

「瀨戶口學長，你的毛巾掉嘍。」

亞里紗若無其事地朝他遞出毛巾，並露出微笑。

雛的哥哥瀨戶口優笑著表示「噢，謝嘍」，接過她手上的毛巾。

外貌出眾、腦袋聰明、連運動神經都很優秀。

可說是集女孩子的理想於一身的王子殿下。

「呃……？」

用毛巾擦過臉後，優以幾分困惑的表情望向亞里紗。

「瀨戶口學長，你是榎本學姊的男朋友嗎？」

這麼開門見山地詢問後，優先是愣了半晌，接著發出「咦！」的驚嘆聲。

「妳……突然說些什麼啊？」

「我想說兩位好像私底下在交往，榎本……不對，是某個班級的男學生，似乎正為了這件事而心痛不已呢。」

亞里紗將雙手交握，雙眼直視著優。

「咦，妳是說虎太朗？那傢伙為什麼會在意這種事？」

「因為榎……他正值青春期，所以也懷抱著各式各樣複雜的煩惱呢。」

「……各式各樣？」

「對呀，就是各式各樣……所以，你們兩位有在交往嗎？」

看到亞里紗的臉逼近，優像是為了閃躲般將上半身微微往後仰。

在數秒鐘的沉默後，他移開視線。

雙頰也微微泛紅。

「呃，不……我覺得……沒有在交往啊。」

「真的？是真的嗎？你向天發誓？」

將優逼到靠牆處的亞里紗，為了不讓他逃掉，還把雙手撐在他身體兩側的牆面上。

背部緊貼著牆壁的優，表情看起來有些僵硬。

「我們只是兒時玩伴而已啊。是說，我為什麼非得招供這些不可啊？」

Preparation10
～準備10～

聽到優的回應，亞里紗用收回來的手抵住自己的下巴。

（什麼嘛，原來他們並沒有在交往啊……）

不過，這位瀨戶口大哥想必喜歡著虎太朗的姊姊吧。

而戀雪也是。

「咦，哥哥……還有高見澤同學？」

從體育館走出來的雛發現了兩人的身影。

「雛，妳認識她嗎？」

優將毛巾披在脖子上，望向雛這麼問道。

「那麼，下一場比賽，也請你繼續加油嘍，瀨戶口學長。」

笑著這麼說之後，亞里紗速速離開了現場。

「等一下，高見澤同學！」

雛扔下哥哥優追了上來。

「妳等一下啦！為什麼妳會去找我哥哥說話啊？」

被雛揪住運動服衣袖之後，亞里紗嘆著氣轉過身來。

「妳也是個大忙人耶。」

「什麼意思啊？」

「不管是戀雪學長也好、你哥哥也好，他們都不是妳個人的所有物吧～我要跟誰搭話，應該是我的自由啊。」

「妳嘴上這麼說……但一定在打什麼歪主意吧！」

看樣子，在問個水落石出之前，雛似乎都不打算放開亞里紗的衣袖。

亞里紗忍不住在內心嘆了一口氣。沒辦法了——

「啊，戀雪學長！」

「咦，在哪裡？」

雛猛地抬起頭環顧周遭。亞里紗也趁這個機會快步離去。

Preparation10
～準備10～

「高見澤同學，妳很壞心眼耶！」

發現戀雪根本沒出現，雛不禁高聲抗議。聽著她的吶喊聲，亞里紗輕笑出來。

「真～的是個大忙人呢。」

戀雪是這樣、雛是這樣，而虎太朗亦是如此。

使盡渾身解數愛慕著某個人。

如果每天都過著這樣的生活，一定就不會感到無趣了吧。

看在這樣的他們眼中，這個世界……想必是更明亮燦爛的吧。

◆◇♡◇◆

「喂～優。」

發現優的身影後，正準備走向體育館的虎太朗出聲呼喚他。

兩家人是鄰居，自己的姊姊和優又是兒時玩伴，所以虎太朗跟優也混得很熟。

「虎太朗……」

優以雙手揪著脖子上的毛巾轉過身子。

剛才優參加比賽時，雛想必有去替他加油。

所以，去體育館裡面找的話，應該能遇見她——

虎太朗一邊東張西望，一邊走向優。

「你有看到雛嗎？」

「雛？噢……她跟一個叫做高見澤的女孩子，兩個人不知道跑哪兒去了。」

「跟高見澤？她該不會又說了什麼奇怪的話了吧？」

不知為何，亞里紗跟雛的關係不太好。

似乎是因為亞里紗最近開始死纏著那個叫做綾瀨戀雪的學長的緣故。

因為這件事，雛這陣子心情一直很差。

所以，聽到亞里紗跟雛在一起，虎太朗只有不好的預感。

Preparation10
～準備10～

（她們不會吵架了吧……）

虎太朗轉身，準備前去尋找雛和亞里紗。

「虎太朗。」

「嗯？幹嘛？」

「呃……該怎麼說呢……抱歉喔。」

聽到優突然向自己道歉，虎太朗滿頭問號地歪過頭。

（有發生過什麼得讓優跟我道歉的事嗎？）

過去，虎太朗倒是做了不少必須跟優道歉的事。

但反過來的情況，他就完全沒印象了。

「很多事情，我都沒能察覺到。」

「咦？你在說什麼啊？」

「如果你有什麼想商量的事，隨時都可以來找我喔。」

優帶著認真的表情輕拍虎太朗的雙肩，感覺像是在安慰他。

（我愈來愈搞不懂了啦……）

而且，不知為何，他總覺得優看著自己的眼神裡滿是同情。

「啊！找到了、找到了。優～下一場比賽要開始嘍。」

看到姊姊夏樹揮著手跑向這裡，虎太朗「哇咧！」了一聲。

「夏樹！」

從年幼時期深植體內的防禦本能，讓他不禁想快點溜掉。

「虎太朗～你那是什麼反應啊？『哇咧』？看到姊姊出現，第一反應怎麼會是『哇咧』呢？」

夏樹來到虎太朗身邊，在他逃跑前伸手緊緊擰住他的耳朵。

「放手啦，醜女！」

「吵死了，你這隻猴子！」

「好了啦，夏樹。不是要去看望太比賽嗎？要是沒去幫他加油打氣，那傢伙可會鬧彆

扭喔。」

「咦！等等啦，優～！」

優揪住夏樹的手臂，有些強硬地將她拖走。

虎太朗茫然地杵在原地，目送那兩人的背影進入體育館。

（什麼跟什麼啦。真是莫名其妙耶……）

◆ ◇ ♡ ◇ ◆

回到家、吃過晚餐、洗完澡之後，亞里紗窩在自己的房間裡。

她將活頁紙攤開在茶几上，以彩色筆在上頭書寫。

瀨戶口大哥——喜歡（？）榎本的姊姊。

榎本的姊姊——喜歡（？）瀨戶口大哥。

戀雪學長——喜歡榎本的姊姊。

瀨戶口同學——喜歡戀雪學長。

榎本——喜歡瀨戶口同學。

看著這樣的人物關係圖，亞里紗以手托腮，嘆了一口氣。

虎太朗跟雛，還有戀雪跟雛的哥哥優、夏樹……

簡直像是亂七八糟地纏繞在一起的毛線。

只要拉扯其中一條，這團打結的毛線或許會順勢鬆開，但也有可能反而綁得更緊。

「唔——」

亞里紗沉吟，接著喊了一聲「啊，對了！」，將手離開臉頰。

「把戀雪學長和榎本的姊姊湊成一對的話……瀨戶口同學就只能放棄戀雪學長了嘛！這麼做根本一箭雙雕啊！」

雙眼變得閃閃發亮的她，連忙用彩色筆畫下新的人物關係線。

雖然這樣會讓某個人陷入不幸，但也是沒辦法的事。

瀨戶口大哥那麼受歡迎，就算失戀一兩次，應該也算不上什麼吧。

就當作是為了寶貝妹妹的幸福著想，請他乾脆俐落地放棄……

亞里紗轉頭望向桌面上的人物關係圖。

優跟夏樹似乎還沒有開始交往。

「不過，不可能進展得這麼順利嘛。」

亞里紗將腦袋「咚」一聲靠在茶几上。從手中滑落的彩色筆滾了幾圈。

「可是，看他們倆的感覺，已經不是第三者能介入的狀態了……」

回想起戀雪站在遠處眺望夏樹身影的模樣，亞里紗這麼喃喃自語。

要是戀雪失戀了，就代表雛或許還有機會。

萬一這兩人順利發展，接下來就換虎太朗會失戀。

為了虎太朗著想，還是要讓雛放棄戀雪比較好。

為此，亞里紗試著做了很多。然而，雛的感情是認真的，戀雪的感情也是認真的——

明白這兩人的心意後，她變得不知道什麼才是最正確的答案了。

「唉，真是的～」

不禁感到焦躁的亞里紗往後一躺，倒在地毯上滾來滾去。

人們的心意——

為什麼總是無法順利傳達出去呢？

◆ ◇ ♡ ◇ ◆

在週末假期結束後，一連下了好幾天的雨。

放學後，亞里紗走出校舍出入口，發現握著傘的戀雪佇立在那裡。

他的視線所及之處，是一起步出學校大門的優和夏樹的身影。

豆大的雨點打在柏油路面上。不同顏色的兩個傘面，看似感情融洽地並排在一起。

亞里紗將視線從戀雪落寞的背影上移開。

真的很討厭。

（因為我明白。明白到不能再明白了啊。）

在班上，戀雪似乎也被孤立。

要是看到他跟誰在聊天，那個對象大概只會是夏樹。

在班上變得像個幽靈的自己。

這種情況下，若是有人以和對待他人相同的態度來對待自己，那個存在會多麼令人開心、影響多麼大呢。

光是看到對方笑著向自己道早安，就會湧現「自己可以繼續待在這裡」的想法。

進而感受到自己不再是幽靈，而是和其他人沒什麼兩樣的一名學生。

對戀雪而言，夏樹正是這樣的存在。

所以，「請你放棄她吧」這種話——

亞里紗緊握住傘柄，然後朝戀雪走去。

「戀雪學長。」

聽到亞里紗的呼喚聲，戀雪轉過頭來。

「高見澤學妹……」

「你不過去跟她搭話嗎？」

「咦？」

「我是指榎本學姊。」

「噢……不……」

戀雪淺淺一笑，將視線移向地面，含糊帶過。

亞里紗和他並排站在校舍出入口。

優和夏樹的身影已經穿越學校大門，消失在視野當中。

昏暗的天色和下不停的雨，讓周遭的景色變得模模糊糊的。

（真的……盡是一些無法順心如意的事呢……）

Preparation10

～準備10～

◆◇♡◇◆

打掃工作結束後，整理好書包、準備回家的雛，垂著頭走下樓梯。

瞥見在走廊上掃地的戀雪，她不自覺停下腳步。

「戀雪……學長……」

「啊……」

明白戀雪也看到了自己後，雛感覺心臟狠狠抽動了一下，急忙轉身跑走。

「咦……瀨戶口學妹？」

（還剩幾次……？眼神再對上幾次之後……一定……）

心臟怦通怦通地劇烈跳動著。

跑回國一學生教室外頭的雛，靠在走廊的牆壁上，調整自己急促的呼吸。

發現自己的掌心發燙冒汗後，她將雙手緊緊握拳。

「瀨戶口學妹……？」

這道有些遲疑的呼喚聲，讓雛回過神來。

她轉頭，發現手握掃把的戀雪，正擔心地盯著自己瞧。

（看吧──）

每當視線對上，你總會溫柔地對我笑。

所以，才讓我發現了。

發現自己的心意──

◆◇♡◇◆

放學後，亞里紗離開教室，發現虎太朗杵在走廊正中央。

「……榎本？」

她朝虎太朗走近並出聲呼喚，但對方沒有半點反應。

Preparation10
～準備10～

他的視線落在遠處的戀雪和雛身上。

泫然欲泣的雛，以及手足無措地試圖安慰她的戀雪。

看到這樣的戀雪，雛笑了出來。

那是個雙頰泛紅、看起來很開心的笑容。

亞里紗悄悄望向一旁的虎太朗，觀察他的臉色。

她原本以為虎太朗會露出煩躁的表情，但現在的他，神情看起來卻意外冷靜。

「沒關係嗎？」

「什麼東西沒關係？」

「那兩個人啊。」

雛的表情。那是完全察覺到自身心意，才會展露出來的表情。

「沒差啊……無所謂吧。」

語畢，虎太朗轉身走回教室。

亞里紗遠眺著雛和戀雪的身影，輕輕嘆了一口氣。

啊啊，果然……又是白忙一場了。

每個人的心意，都是他人無力改變的吧。

畢竟，就連自己都無法順心如意地掌控了。

就算明白沒有半點希望也一樣。

因為，人們無法阻止自己喜歡上某個人——

◆ ◇ ♡ ◇ ◆

春天——三月的畢業季到來。

來到頂樓後，亞里紗看到虎太朗獨自倚著圍籬，眺望著底下的光景。

Preparation10
～準備10～

從這裡可以看見畢業典禮結束後，和父母一同步出學校大門的國三學長姊的身影。有幾個人還被學弟妹包圍，忙著收下他們送上的花束。

「榎本，你待在這裡沒關係嗎？你姊姊也是今天的畢業生吧？」

亞里紗靠近虎太朗這麼開口。後者轉過頭望向她。

「是啊～」

「你們不會幫她慶祝嗎？全家人一起去外面吃大餐之類的。」

「喔……她好像有說要跟優的爸媽一起去哪裡。」

「你不去嗎？」

亞里紗來到虎太朗身邊，跟他同樣靠在圍籬上。

「麻煩死了。」

虎太朗將兩手交握在後腦杓。

今天的天氣很好。幾片純白的雲朵在藍天中緩緩流動。

吹來的風雖然還帶點寒意，但已經變得溫和許多。

「……瀨戶口同學呢？」

「雛去社團了。雖然剛剛嚎啕大哭了一場就是。」

「啊，因為戀雪學長要畢業了嘛……那麼，你是因為擔心瀨戶口同學，所以才留在學校裡嗎？」

「榎本，你這個人……該說是一板一眼，還是犧牲奉獻呢？」

亞里紗帶著調侃的語氣這麼開口後，虎太朗板起臉回應：「妳很吵耶。」

「然而，瀨戶口同學的眼中卻還是完全容不下你。真不知道是怎麼回事呢。」

（明明都這樣卯起來努力了啊。）

「沒關係啦。我以後會成長為一個超棒的男人，讓雛說出『我眼中只有你』這種話！」

虎太朗自信滿滿地這麼宣言後，有些害臊地笑了笑。

「嗯……這樣也不錯啊。」

為了掩飾嘴角上揚的反應，亞里紗伸手撫摸自己在空中飄揚的長髮。

（因為，你專情的程度，幾乎要讓人心生羨慕了嘛。）

「反正有句話叫『死馬當活馬醫』嘛。」

「隨便妳說啦。」

一起笑出聲之後，兩人將握成拳頭的手輕碰。

沒能還給你的人情，現在還藏在我的心中。

所以——

我想對這片寬廣無垠、蔚藍不已的晴空許願。

（但願這個人的心意，有天能傳達給那個女孩……）

◇◆epilogue♡～終曲～◆◇

這個週末，亞里紗來到車站附近的購物中心。

因為從一大清早就相當期待，而在精心打扮後來到現場這件事，讓她覺得有點害羞。

一二樓打通的這片中央大廳，已經有一長串的人龍在排隊。

排在隊列正中央的亞里紗，心神不寧地在原地小踏步起來。

「請大家依照號碼牌的順序排隊！」

工作人員出聲提醒。

（怎麼辦……怎麼辦啊。我真的來了耶……）

從剛才開始，心臟就一直劇烈跳動。

三天前，亞里紗在雜誌上的活動宣傳頁面，看到成海聖奈即將舉辦一場握手會的消

息。

總是只能透過螢光幕看到聖奈的亞里紗，無論如何都想親眼見到本尊一次。因此在購物中心開始營業之前，她便為了領號碼牌而來到自動門外頭排隊。

她原本以為自己算早到了，但來到這裡之後，才發現現場早已出現排隊人潮。這也足以證明聖奈大受歡迎。

這是亞里紗第一次參加某人的握手會。

也是她第一次如此渴望和某人見面。

在電視上看到聖奈之後，亞里紗完全變成她的死忠粉絲。

只要是聖奈有亮相的雜誌，她一定會買。得知聖奈會上哪個晨間電視節目後，她也絕對會提前預約錄影，不會錯過任何內容。

也買了聖奈代言的某支護唇膏。

愈是了解聖奈，愈讓亞里紗湧現「啊啊，這個人好棒喔」的想法。

憧憬聖奈，並想要追隨她。

在這裡排隊的人，想必都抱持著同樣的想法吧。

聽著身旁討論「聖奈真的很可愛呢！」的聲音，亞里紗也在心中點頭如搗蒜。

可以的話，她甚至想講出「我能跟你們一起聊聖奈嗎？」然後加入對方。

輪到自己的時候，不知道能不能跟聖奈聊上幾句呢？

還是說，因為後面有其他人在等，所以在握完手之後，要趕快讓開比較好？

第一次參加握手會的她，對各方面的規定或習慣都一無所知，坐立不安地一直探頭望向隊伍前端。

「啊……我流手汗了！」

驚覺這點的亞里紗，連忙將掌心在身上擦了幾下。

隨著時間流逝，就快輪到亞里紗的號碼了。

排在她前方的幾個女孩子，一邊和聖奈握手，一邊開心地報告「我們有買妳的雜誌喔」。

（好，看來，可以跟她稍微聊幾句沒問題！）

epilogue

～終曲～

在內心默默擺出握拳的勝利姿勢時，她聽到工作人員吶喊「下一位」。

「是！」

因為緊張，自己的嗓音聽起來有點尖銳。

坐在眼前的聖奈，正帶著溫和的笑容和工作人員說話。

（是本尊啊啊啊啊～！）

跟電視上看到的一模一樣。小巧的臉蛋、水亮的雙眼，還有充滿光澤又透亮的髮絲和肌膚。

全都好可愛。不管怎麼看都超級可愛。

（不對啦，我得說點什麼才行。要說什麼……說什麼才好？）

愈是著急，她愈是想不出該說什麼，連要伸手和聖奈握手一事都忘了。

看到亞里紗愣在原地，聖奈朝她微笑，然後主動伸出手。

「真的很感謝妳今天來參加握手會。」

聽到聖奈的聲音，亞里紗才瞬間回過神來，連忙伸出手和她握手。她感覺到自己的手微微顫抖。

「謝……謝謝妳！」

光是說出這句話，便已經讓亞里紗竭盡全身的力氣。她甚至沒能跟聖奈對上眼，就匆匆離開了現場。

（啊啊，真是的。不是這樣吧！我在幹嘛啊！）

來到人潮比較稀少的地方後，亞里紗用雙手按住自己發燙的臉頰。

我是妳的忠實粉絲喔！

我最喜歡妳了！

妳是我的偶像！

妳在電視上的發言，讓我受到了相當大的鼓勵！

epilogue
～終曲～

她明明有好多想說的話。

在排隊的空檔，她明明都想過要說些什麼了。

「說『謝謝妳』是哪招啦！」

那天，被聖奈的幾句話拉了一把之後，亞里紗相當開心。為了傳達這份感謝的心意，她今天才會來到這裡。

所以，說這句話其實也沒錯就是了。

（雖然沒錯……但一定沒有把我想說的意思傳達出去。）

亞里紗將手撐在貼著海報的牆面上，重重嘆了一口氣。

可是——

見到她了。

亞里紗望向剛才和聖奈握手的那隻手。

（我見到她了！）

臉上綻放出笑容的亞里紗，將手緊緊握成拳頭。

她完全還沒變成自己想變成的模樣。

每件事總是無法順心如意，自己身處的世界也依舊維持著現狀。

她沒有解決任何問題，也沒有改變任何事情。只是每天都在跟懦弱的自己戰鬥。

現在的她，還無法像聖奈那樣，有足夠的勇氣用自己的雙腳，確實走在自己選擇的道路上。

她甚至連自己該往何處去都懵懵懂懂，依舊處於還在摸索的階段。

可是，她無法停滯不前。

（既然那個人也是這樣，那我更必須前進才行……）

「好，走吧！」

亞里紗面向前方，筆直踏出腳步。

epilogue
～終曲～

準備開始助跑了嗎？

別回頭，朝自己相信的方向前進吧。

那裡將會有嶄新的相遇——

◆ ◇ ♡ ◇ ◆

「啊～我現在剛到。等等喔……」

健將手機貼在耳邊，穿越有著噴水池的廣場。

他朝購物中心的自動門走去。

這天是假日，自動門不停持續開開關關，大批的人潮進進出出。

「我沒有跟別人約啦。我們今天一整天都可以一起玩喔。」

跟從購物中心走出來的亞里紗擦身而過時，健停下腳步。

雙眼閃閃發光的她，帶著開心不已的笑容跑向廣場。

目送這樣的她的背影離去，健不禁輕笑出聲。

「不……沒什麼。」

這麼回答手機另一頭的通話對象後，他踏出腳步。

因為想讓總是擦身而過的每一天有所成長，選擇主動開口搭話，是在健升上高一之後發生的事。

我可不會認真喔。

因為，就是這麼一回事嘛。

樂在其中的人，才是「戀愛（遊戲）」的贏家。

面對這麼想的我，妳卻……

「這樣一定很無趣吧。」

如此斷言。

否定了我的世界的一切。

這是一場壞心眼的相遇——

Gom

Gom

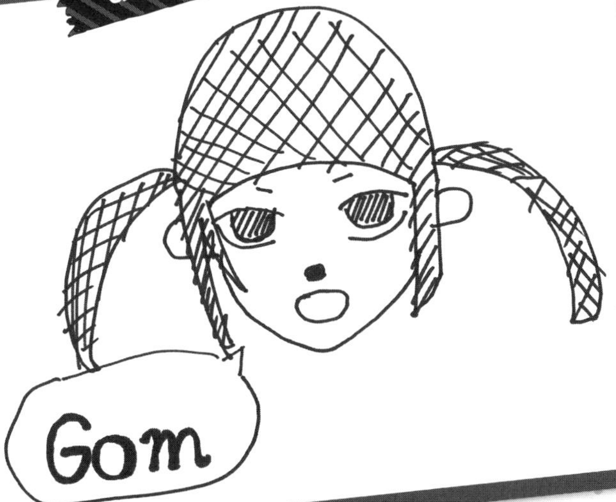

shito

萬分感謝將《心的主張》小說化!!
在孩提時代以爲很狹窄的世界，
其實是個相當寬廣又充滿樂趣的世界。

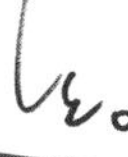

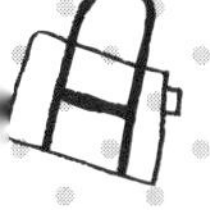

ヤマコ

《心的主張》小說化
非常感謝!!

為了自己，也為了朋友，
鼓起勇氣踏出改變的第一步。
這樣的亞里紗實在太帥氣了…!
同時，新的相遇也……

cake

感謝大家購買小說版的《心的主張》!!
希望大家都能毫無壓抑和後悔地
做出自己的主張♪
我也每天都牢記著這一點。
以零壓力為目標吧～

cake

逃跑≠輸

ziro

ziro

ろこる

祝《心的主張》
小說化

rokoru

モゲラッタ

心的主張

恭喜小說化!!
我一直都在等待
這首歌的小說化!!
因為《心的主張》,
我變得超級喜歡亞里紗。
希望她的改變能成為
從後方推動某人的助力~

モゲラッタ

Support Members

支援成員!

Atsuyuk!

自己的內心主張
非常重要!
我們一起變強吧!

Atsuyuki

主張,要適可而止喔。

oji

oji

特別協助／藤谷燈子

青春豬頭少年不會夢到紅書包女孩

作者：鴨志田 一　插畫：溝口ケージ

酷似童星麻衣的小學生出現在咲太面前？
另一方面，咲太母親表達想見花楓一面……

咲太在七里濱海岸等待麻衣時，酷似童星時代的麻衣的小學生出現在他面前？此外，花楓事件之後就分開住的咲太父親傳達長年住院的母親「想見花楓」的心願。家人的羈絆，新思春期症候群的徵兆——劇情急轉直下的青春豬頭少年系列第九彈！

各 **NT$200~260/HK$65~78**

喜歡本大爺的竟然就妳一個？ 1~8 待續

作者：駱駝　插畫：ブリキ

「勝利的女神」以活潑公主的樣子出現？
棒球少年與自由奔放少女一起度過了夏天……

「勝利的女神」這種東西，會突然從體育館後面的樹上掉下來耶，還會不客氣地一腳踩進我的內心世界。投手和球隊經理漸漸縮短了彼此之間的距離……應該是這樣，可是有一天，公主突然對我說「再見」，然後就消失了。就先聽我說說這個故事吧。

各 **NT$200~250/HK$60~83**

Hello,Hello and Hello 1~2（完）

作者：葉月 文　插畫：ぶーた

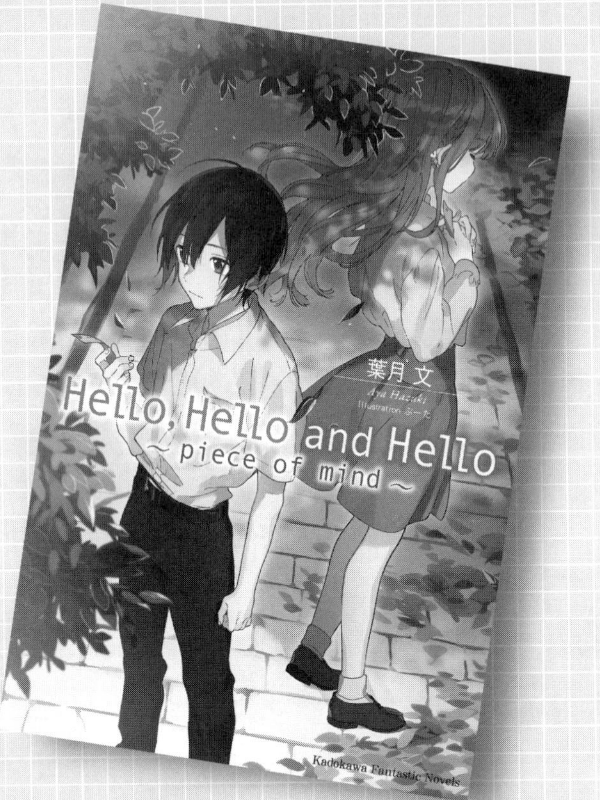

「我們在最後的瞬間，向彼此許了相同的願望：
『來見我，呼喚我的名字。』因為——」

大學生活即將步入尾聲的某個春日，我向一名陌生少年搭話。他那莫名認真急切的側臉，讓我想起了以前的自己。伴隨著新的邂逅，我持續朝明天邁進。帶著曾經失去的「願望」，尋找像幸那樣笑著的「某人」……Hello,Hello and Hello眾所期待的續集登場！

各 **NT$200~250/HK$67~82**

刮掉鬍子的我與撿到的女高中生 1~3 待續

作者：しめさば　插畫：ぶーた

上班族 × JK，話題延燒的同居戀愛喜劇，
日本系列銷售累計35萬冊！

蹺家JK沙優和上班族吉田，已經完全習慣身邊有彼此作伴。這時，吉田高中時期的女友——神田學姊調動到他這間公司來。面對「曾和吉田交往過的對象」這個意想不到的人物，沙優的內心掀起了一陣漣漪，緊接著還有陌生的高級轎車出現在她的打工地點——

各 **NT$220~250/HK$73~83**

國家圖書館出版品預行編目資料

告白預演系列. 7, 心的主張 / HoneyWorks原案 ; 香坂茉里作 ; 咖比獸譯. -- 初版. -- 臺北市 : 臺灣角川, 2020.10
　面；　公分. -- (Kadokawa fantastic novels)
譯自 : 告白予行練習. 7, ハートの主張
ISBN 978-986-524-032-5(平裝)

861.57　　　　109012107

Kadokawa
Fantastic
Novels

告白預演系列7

心的主張

（原著名：告白予行練習7 ハートの主張）

2020年10月12日　初版第1刷發行

原　案：HoneyWorks
作　者：香坂茉里
插　畫：ヤマコ
譯　者：咖比獸

發行人：岩崎剛人
總編輯：蔡佩芬
編　輯：黃怡珮
美術設計：宋芳茹
印　務：李明修（主任）、張加恩（主任）、張凱棋

發行所：台灣角川股份有限公司
地　址：105台北市光復北路11巷44號5樓
電　話：（02）2747-2433
傳　真：（02）2747-2558
網　址：http://www.kadokawa.com.tw
劃撥帳戶：台灣角川股份有限公司
劃撥帳號：19487412
法律顧問：有澤法律事務所
製　版：尚騰印刷事業有限公司
ＩＳＢＮ：978-986-524-032-5